Les Confessions du Comte de ***

Charles Duclos

© 2024, Charles Duclos (domaine public)
Édition : BoD • Books on Demand GmbH, In de Tarpen 42, 22848 Norderstedt (Allemagne)
Impression : Libri Plureos GmbH, Friedensallee 273, 22763 Hamburg (Allemagne)
ISBN : 978-2-3225-4369-4
Dépôt légal : Septembre 2024

LES CONFESSIONS

DU

COMTE DE ***,

ÉCRITES PAR LUI-MÊME À UN AMI.

PREMIÈRE PARTIE.

POURQUOI voulez-vous m'arracher à ma solitude et troubler ma tranquillité ? Vous ne pouvez pas vous persuader que je sois absolument déterminé à vivre à la campagne. Je n'y suis que depuis un an, et ma persévérance vous étonne. Comment se peut-il faire, dites-vous, qu'après avoir été si long-temps entraîné par le torrent du monde, on y renonce absolument ? Vous croyez que je dois le regretter, et sentir, dans bien des momens, qu'il m'est nécessaire. Je suis moins surpris de vos sentimens que vous ne l'êtes des miens ; à votre âge, et avec tous les droits que vous avez de plaire dans le monde, il seroit bien difficile qu'il vous fût odieux. Pour moi, je regarde comme un bonheur de m'en être dégoûté, avant que je lui fusse devenu importun. Je n'ai pas encore quarante ans, et j'ai épuisé ces plaisirs que leur nouveauté vous fait croire inépuisables. J'ai usé le monde, j'ai usé l'amour même ; toutes les passions aveugles et tumultueuses sont mortes dans mon cœur. J'ai par conséquent perdu quelques plaisirs ; mais je suis exempt de toutes les peines qui les accompagnent, et qui sont en bien plus grand nombre. Cette tranquillité, ou, si vous voulez, pour m'accommoder à vos idées, cette espèce d'insensibilité est un dédommagement bien avantageux, et peut-être l'unique bonheur qui soit à la portée de l'homme.

Ne croyez pas que je sois privé de tous les plaisirs ; j'en éprouve continuellement un aussi sensible et plus pur que tous les autres : c'est le charme de l'amitié ; vous devez en connoître tout le prix, vous êtes fait pour la sentir, puisque vous êtes digne de l'inspirer. Je possède un ami fidèle, qui partage ma solitude, et qui, me tenant lieu de tout, m'empêche de rien regretter. Vous ne pouvez pas imaginer qu'un ami puisse dédommager du monde ; mais, malgré l'horreur que la retraite vous inspire aujourd'hui, vous la regarderez un jour comme un bien. J'ai eu vos idées, je me suis trouvé dans les mêmes situations ; ne renoncez donc pas absolument à celle où je me trouve aujourd'hui.

Pour vous convaincre de ce que j'avance, il m'a pris envie de vous faire le détail des événemens et des circonstances particulières qui m'ont détaché du monde ; ce récit sera une confession fidèle des travers et des erreurs de ma jeunesse, qui pourra vous servir de leçon. Il est inutile de vous entretenir de ma famille que vous connoissez comme moi, puisque nous sommes païens.

Étant destiné par ma naissance à vivre à la cour, j'ai été élevé comme tous mes pareils, c'est-à-dire fort mal. Dans mon enfance, on me donna un précepteur pour m'enseigner le latin, qu'il ne m'apprit pas ; quelques années après, on me remit entre les mains d'un gouverneur pour m'instruire de l'usage du monde qu'il ignoroit.

Comme on ne m'avoit confié à ces deux inutiles, que pour obéir à la mode, la même raison me débarrassa de l'un et de l'autre ; mais ce fut d'une façon fort différente. Mon précepteur reçut un soufflet d'une femme de chambre à qui ma mère avoit quelques obligations secrètes. La reconnoissance ne l'empêcha pas de faire beaucoup de bruit, elle blâma hautement une telle insolence, elle dit à M. l'abbé qu'il ne devoit pas y être exposé davantage, et il fut congédié.

Mon gouverneur fut traité différemment : il étoit insinuant, poli, et un peu mon complaisant. Il trouva grâce devant les yeux de la favorite de ma mère ; tout en conduisant mon éducation, il commença par faire un enfant à cette femme de chambre, et finit par l'épouser. Ma mère leur fit un établissement dont je profitai ; car je fus maître de mes actions dans l'âge où un gouverneur seroit le plus nécessaire, si cette profession étoit assez honorée pour qu'il s'en trouvât de bons.

On va voir, par l'usage que je fis bientôt de ma liberté, si je méritois bien d'en jouir. Je fus mis à l'académie pour faire mes exercices ; lorsque je fus près d'en sortir, une de mes parentes, qui avoit une espèce d'autorité sur moi, vint m'y prendre un jour pour me mener à la campagne chez une dame de ses amies. J'y fus très-bien reçu : on aime naturellement les jeunes gens, et les femmes aiment à leur procurer l'occasion et la facilité de faire voir leurs sentimens. Je me prêtai sans peine à leurs questions ; ma vivacité leur plut, et, m'apercevant que je les amusois par le feu de mes idées, je m'y livrai encore plus. Le lendemain, quelques femmes de Paris arrivèrent, les unes avec leurs maris, les autres avec leurs amans, et quelques-unes avec tous les deux.

La marquise de Valcourt, qui n'étoit plus dans la première jeunesse, mais qui étoit encore extrêmement aimable, saisit avec vivacité les plaisanteries que l'on faisoit sur moi ; et, sous prétexte de plaire à la maîtresse de la maison qui paroissoit s'y intéresser, elle vouloit que je fusse toujours avec elle. Bientôt elle me déclara son petit amant ; j'acceptai cette qualité, je lui donnai toujours la main à la promenade, elle me plaçoit auprès d'elle à table, et mon assiduité devint bientôt la matière de la plaisanterie générale, je m'y prêtois de meilleure grâce que l'on n'eût dû l'attendre d'un enfant qui n'avoit aucun usage du monde. Cependant je commençois à sentir des désirs que je n'osois témoigner, et que je ne démêlois qu'imparfaitement. J'avois lu quelques romans, et je me crus amoureux. Le plaisir d'être caressé par une femme aimable, et l'impression que font sur un jeune homme, des diamans, des parfums, et sur-tout une gorge qu'elle avoit admirablement belle, m'échauffaient l'imagination ; enfin tous les airs séduisans d'une femme à qui le monde a donné cette liberté et cette aisance que l'on trouve rarement dans un ordre inférieur, me mettoient dans une situation toute nouvelle pour moi. Mes désirs n'échappaient pas à la marquise, elle s'en apercevoit mieux que moi-même, et ce fut sur ce point qu'elle voulut entreprendre mon éducation.

L'amour, me disoit-elle, n'existe que dans le cœur ; il est le seul principe de nos plaisirs, c'est en lui que se trouve la source de nos sentimens et de la délicatesse. Je ne comprenoit rien à ce discours, non plus qu'à cent mille autres mêlés de cette métaphysique qui régnoit dès lors dans le discours, et qui est si peu d'usage dans le commerce. J'étois plus content de petites confidences sur lesquelles elle éprouvoit ma discrétion ; j'en étois flatté : un jeune homme est charmé de se croire quelque chose dans la société. Elle me faisoit ensuite des questions sur la jalousie. La marquise, sous prétexte de m'instruire, vouloit savoir si je n'avois aucune idée sur un homme assez aimable qui étoit venu avec elle, et que je sus depuis être son amant ; mais, quoiqu'il n'eût au plus que quarante ans, je le jugeois si vieux, que j'étois bien éloigné d'imaginer qu'il eût avec elle d'autre liaison que celle de l'amitié. Il en avoit pourtant une des plus intimes ; il est vrai que dans ce moment elle le gardoit par habitude, et que, par goût elle me destinoit à être son successeur, ou du moins son associé : aussi, quand je lui demandai pourquoi il lui tenoit quelquefois des discours aigres et piquans, que je n'avois pu m'empêcher de remarquer, elle se contenta de me dire, qu'ayant été intime ami de son mari, l'amitié lui avoit conservé ces droits. Cette réponse me satisfit, et ma curiosité n'alla pas plus loin. Elle me reprochoit quelquefois de n'avoir pas assez soin de ma figure, et, quand je revenois de la chasse, sous prétexte d'en réparer les désordres, elle passoit la main dans mes cheveux, elle me faisoit mettre à sa toilette, et vouloit elle-même me poudrer et m'ajuster. Comme elle coloroit toutes les caresses qu'elle me faisoit, de l'amitié qu'elle avoit pour ma parente, et des liaisons qu'elle avoit avec toute ma famille, je ne m'attribuois aucune de ses bontés, et j'ai souvent pensé depuis à l'impatience que je devois lui causer. Cependant elle se contraignoit, elle craignoit de s'exposer aux ridicules que pouvoit lui donner un amour qui, par la disproportion de nos âges, devoit être regardé comme une folie. D'ailleurs, elle savoit que son amant étoit clairvoyant : elle n'auroit pas été fort sensible à sa perte ; mais elle craignit l'éclat d'une rupture.

    Ces réflexions rendirent la marquise plus réservée avec moi ; je m'en aperçus, je lui en fis quelques reproches plus remplis d'égards que de sentiment. Pour me consoler, elle me dit que je la verrois à Paris, si je continuois à la laisser se charger du soin de ma conduite, et me promit un baiser toutes les fois que j'aurois été docile à ses leçons.

    Lorsque nous fûmes de retour à Paris, j'allai la voir. Elle ne me parla dans les deux ou trois premières visites que des choses qui pouvoient regarder ma conduite. Elle vouloit, disoit-elle, être ma meilleure amie. Un jour elle me dit de la venir voir le lendemain sur les sept heures du soir. Je n'y manquai pas ; je la trouvai sur une chaise longue, appuyée sur une pile de careaux. On respiroit une odeur charmante, et vingt bougies répandoient une clarté infinie ; mais toute mon attention se fixa sur une gorge tant soit peu découverte. La marquise étoit dans un déshabillé plein de goût, son attitude étoit disposée par le désir de plaire et de me rendre plus hardi. Frappé de tant d'objets, j'éprouvois des désirs d'autant plus violens, que j'étois occupé à les cacher. Je gardai quelque temps le silence ; je sentis qu'il étoit ridicule ; mais je ne savois comment le rompre. Êtes-vous bien aise d'être avec moi, me dit la marquise ? Oui, madame, j'en suis enchanté, répondis-je avec vivacité. Eh bien ! nous souperons ensemble, personne ne viendra nous interrompre, et nous causerons en liberté ; elle accompagna ce discours du regard le plus enflammé. Je ne sais pas trop causer, lui dis-je ; mais pourquoi ne me permettez-vous plus de vous embrasser comme à la campagne ? Pourquoi ? reprit-elle ; c'est que, lorsque vous avez une fois commencé, vous ne finissez point.

    Je lui promis de m'arrêter quand elle en seroit importunée, et, son silence m'autorisant, je la baisai, je touchai sa gorge avec des plaisirs ravissans. Mes désirs l'enflammoient de plus en plus, la marquise par un tendre silence autorisoit toutes mes actions ; enfin, parcourant toute sa personne à mon gré, et, voyant que l'on n'apportoit aucun obstacle à mes désirs, je me précipitai sur elle avec toute la vivacité de mon âge, qui étoit plus de son goût que l'amour le plus tendre. Je craignis aussitôt sa colère ; mais je fus rasuré par un regard languissant de la marquise, qui m'embrassa avec une nouvelle ardeur. Ce fut alors que je me livrai à l'ivresse du plaisir ; nous ne l'interrompîmes que pour nous mettre à table. Le souper fut court ; je ne laissai pas à la marquise le temps de me parler sentiment, et je crois qu'elle n'eut pas celui d'y penser. Dès le lendemain un de ses gens m'apporta la lettre la plus passionnée. Cette attention me surprit ; je croyois qu'elle n'avoit été imaginée que pour moi. Je sentis que j'y devois répondre ; je crois que ma lettre devoit être assez ridicule ; la marquise la trouva charmante. Pendant les premiers jours je n'étois occupé que de ma bonne fortune, et du plaisir d'avoir une femme de condition ; je m'imaginois que tout le monde s'en apercevoit, et lisoit dans mes yeux mon bonheur et ma gloire. Cette idée m'empêcha d'en parler à mes amis ; mais j'en fus très-souvent tenté. Peu de temps après je trouvai que la marquise ne m'avouoit pas assez dans le public, et qu'elle n'alloit pas assez souvent aux spectacles, où j'aurois pu, sans prononcer l'indiscrétion, mettre mes amis au fait de mon bonheur. C'étoit en vain qu'elle me représentoit le charme du mystère ; je n'étois inspiré que par les sens et la vanité, et je croyois avoir satisfait à toute la délicatesse possible, quand j'avois rempli ses désirs et les miens. L'hiver ayant rassemblé tout le monde à Paris, la marquise, pour rompre la solitude qu'elle voyoit que je ne pouvois soutenir, donna plusieurs soupers. Parmi les femmes qui se rendoient chez elle, il y en eut une qui me fit beaucoup d'agaceries, et j'y répondis avec assez de vivacité. Madame de Valcourt avoit trop d'expérience pour ne pas l'apercevoir. Elle m'en fit ses plaintes, que je reçus assez mal. Je lui dis qu'il étoit bien singulier qu'elle me contraignît au point de ne pouvoir ni parler ni m'amuser même avec ses amies. La jalousie enflamma la marquise ; elle ne ménagea plus rien ; bientôt elle afficha publiquement le goût qu'elle avoit pour moi, et bientôt elle le ressentit avec un emportement qu'elle ne m'avoit jamais témoigné. On ne la voyoit plus aux spectacles sans moi ; elle ne soupoit dans aucune maison sans me faire prier. Un aveu si public fut fort de mon goût, parce qu'il flattoit ma vanité. Quelques jours après madame de Rumigny (c'étoit celle qui m'avoit fait des avances) fut piquée. Il étoit de son honneur de n'en pas avoir le démenti. Chez les femmes du monde, plusieurs choses qui paroissent différentes produisent les mêmes effets, et la vanité les gouverne autant que l'amour.

La marquise fit fermer sa porte à sa rivale ; la rupture fit éclat, et madame de Rumigny me pria par un billet fort simple de passer chez elle. Madame de Valcourt m'avoit fait promettre de n'y jamais aller ; mais je ne crus pas mon honneur engagé à lui tenir cette parole. J'y courus donc, et madame de Rumigny, après beaucoup de plaisanteries sur madame de Valcourt, qui toutes portoient coup, me plaignit d'être si fort attaché à une femme qui me traitoit en esclave. Elle m'apprit toutes les aventures, vraies ou fausses, que le monde avoit données à la marquise. Le mal que l'on nous dit d'une maîtresse n'est pas si dangereux par les premières impressions, que par les prétextes qu'il fournit dans la suite aux dégoûts et à toutes les injustices des amans.

Madame de Rumigny, contente de cette première démarche, me pria de la venir revoir, en m'assurant qu'elle n'avoit d'autres motifs que son amitié pour moi. Je revins chez la marquise fort différent de ce que je m'y étois trouvé jusques alors ; elle s'en aperçut, elle en fut alarmée. Les sentimens de la marquise ne me touchoient plus ; Je ne sentois que l'ennui et le dégoût d'un plaisir uniforme. J'allois souvent chez madame de Rumigny, qui suivoit constamment son projet ; je sentis bientôt pour elle tout ce que m'avoit d'abord inspiré madame de Valcourt, c'est-à-dire des désirs. L'expérience que j'avois déjà acquise, me rendit pressant ; mais, avant de se rendre, madame de Rumigny me dit : Je veux le sacrifice de la marquise ; j'exige le plus éclatant, et tel que je le prescrirai ; notre rupture a trop fait d'éclat, ma vengeance ne doit pas être ignorée. Je voulus lui faire quelques représentations ; mais elle me dit qu'elle ne me verroit jamais, si je balançois un moment. Je fus bientôt déterminé ; je consentis à tout, je renvoyai à la marquise ses lettres et son portrait, avec un billet qui, je crois, étoit fort impertinent, puisqu'il étoit dicté par madame de Rumigny ; en un mot, je quittai madame de Valcourt on ne peut pas plus mal. Ce ne fut cependant pas sans remords : c'est en vain qu'on veut s'aveugler pour séparer la probité du commerce des femmes. J'avois encore toutes les idées neuves ; le monde ne m'avoit point appris à me parjurer. Madame de Rumigny, à qui je ne cachai point mes remords, prit encore le soin de les calmer : les femmes n'ont point de plus grands ennemis que les femmes.

 Madame de Rumigny ne me fit pas languir davantage ; le lendemain elle voulut que j'allasse avec elle à l'opéra en grande loge : j'y consentis, son triomphe étoit le mien. La marquise s'y trouva le même jour ; elle étoit fort parée, et n'y venoit que pour démentir les discours du public : une telle démarche est un coup de partie, le jour qu'on a été quittée ; mais je remarquai son chagrin caché. Cependant elle m'écrivit, elle me courut, et fit tout ce que l'égarement de l'amour malheureux inspire, et fait toujours faire sans succès, enfin, elle se commit encore plus qu'elle n'avoit fait ; mais madame de Rumigny, qui connoissoit trop la conséquence de ces premiers instans, ne me perdoit pas de vue. Je vécus quelque temps avec madame de Rumigny, comme j'avois fait avec madame de Valcourt, et je m'en dégoûtai encore plus promptement. Ma première et ma seconde aventure s'annonçoient pas un caractère fort constant ; on verra dans la suite si je me suis démenti.

 Madame de Rumigny commençoit donc à me peser beaucoup, lorsque j'entrai dans les mousquetaires. La compagnie marcha en Flandre, et j'y fis ma première campagne. Avant mon départ, je passai trois jours avec madame de Rumigny d'une façon à me faire regretter. Elle me fit promettre de lui écrire ; mais à peine l'eus-je quittée que je n'y songeai plus.

Après la campagne, la compagnie revint à Paris où je passai l'hiver. Je n'allai seulement pas voir madame de Rumigny. La vie que je menois avec mes camarades, me paroissoit préférable à toute la gêne du commerce des femmes du monde. Je n'en recherchai aucune de celles qui exigent des soins et des attentions, et je suivis les mœurs des mousquetaires de mon âge.

Au retour du printemps, M. de Vendôme, à qui ma famille étoit particulièrement attachée, me proposa d'être un de ses aides-de-camp ; j'acceptai la proposition avec ardeur, et je le suivis en Espagne. Uniquement occupé de mes devoirs, je m'attachai à ce prince, c'est-à-dire au métier de la guerre ; car c'étoit ainsi qu'on lui faisoit sa cour.

Il fut assez content de mes services pour m'honorer de sa protection, et bientôt il me fit obtenir un régiment, à la tête duquel je me trouvai à la bataille de Villa-Viciosa que M. de Vendôme gagna sur M. de Staremberg.

Après cette victoire, qui décida de la couronne d'Espagne pour Philippe V, mon régiment fut envoyé en quartier à Tolède. Les congés étant difficiles à obtenir, j'y demeurai pour contenir les soldats, et prévenir les désordres qui pouvoient arriver à chaque instant dans ce pays, par la prévention que quelques Espagnols avoient contre les François. D'ailleurs les moines, par jalousie et par ignorance, persuadent, sur-tout aux femmes, que les François sont des hérétiques. Une différence de religion chez des peuples qui ont peu d'étude, ne rapproche pas les esprits ; ainsi je vivois dans une assez grande solitude.

Un jour, en rentrant chez moi par une rue détournée, je fus abordé par une femme couverte d'une mante : Seigneur cavalier, me dit-elle, une dame voudroit avoir une conversation avec vous ; trouvez-vous demain à onze heures dans la grande église. J'acceptai le rendez-vous. Le lendemain, après avoir apporté beaucoup d'attention à ma parure, je me rendis au lieu indiqué. Je n'y vis que des femmes couvertes de mantes noires, parmi lesquelles j'en aperçus une qui se distinguoit au milieu de deux autres, par la majesté de sa taille. Elles se mirent toutes trois à genoux auprès de moi ; elles s'armèrent d'un grand rosaire, firent plusieurs inclinations dévotes ; et j'entendis une voix qui me dit : Trouvez-vous ce soir à l'heure de l'oraison sur le bord du Tage, et suivez la personne qui vous abordera en vous présentant un bouquet ; adieu, sortez de l'église sans témoigner la moindre curiosité. Le son de cette voix me parut si flatteur que je me sentis ému. Je me rendis au lieu marqué deux heures plutôt qu'on ne m'avoit ordonné, et je vis paroître celle qui devoit me présenter le bouquet ; elle me dit de la suivre, je lui obéis : il étoit nuit ; nous marchâmes quelque temps pour trouver une calèche dans laquelle nous montâmes. Votre jeunesse et votre figure, me dit-elle, ont fait une vive impression sur le cœur de dona Antonia, ma maîtresse ; l'amour lui a fait oublier tous les dangers d'une entrevue ; et l'on vous aime malgré la différence de votre religion. Quelle consolation pour dona Antonia, si son exemple et ses discours pouvoient vous ramener au sein de l'église ! Je suis sa nourrice, c'est vous dire combien je l'aime ; mais l'espérance de votre conversion m'a plus déterminée à la servir aujourd'hui, que ma tendresse pour elle. Vous allez juger dans quelques momens de la beauté de ma maîtresse ; elle est dans une maison qui m'appartient ; rendez-vous digne de posséder le cœur de la plus belle femme de toutes les Espagnes.

Malgré l'agitation que la nouveauté d'une pareille situation peut causer, je sentis toute la bizarrerie de cette conversation, et je réfléchissois sur la différence de ces mœurs, quand notre voiture s'arrêta dans une petite cour : nous descendîmes, je suivis la duègne, je traversai deux ou trois pièces meublées simplement, et médiocrement éclairées. Elles nous conduisirent dans une chambre dont les meubles magnifiques et l'éclat des lumières portées dans de grands flambeaux de vermeil, me frappèrent beaucoup moins qu'une femme couchée sur une estrade, et appuyée sur des carreaux d'étoffes superbes. Approchez, seigneur, me dit-elle. J'obéis à un ordre si doux ; mais que devins-je en voyant toutes les grâces réunies dans la même personne, et relevées par toutes les recherches de la parure ! Je tombai à ses genoux : Que puis-je faire, lui dis-je, madame, pour reconnoître les bontés dont vous m'honorez ? Elle me répondit, avec une douceur infinie, et un feu dans les yeux qui auroit achevé ma défaite, si elle n'eût été confirmée : Clara vous a sans doute fait part de mes sentimens. Elle m'a évité l'embarras d'un aveu qui ne peut être excusé que par la force de la passion. La façon dont vous vous conduirez avec moi, confirmera ou détruira mes sentimens. Je vous aime ; mais le sacrifice que je vous fais m'en deviendra encore plus cher, si vous vous en rendez digne. Après un tel aveu, je ne dois rien vous cacher : vous êtes d'une religion différente de la mienne, et ce point est le seul obstacle au goût que je sens pour vous. Si vous m'aimez, si les sentimens que je crois lire dans vos yeux, sont sincères, il faut commencer par embrasser ma religion. Je voulus alors prendre une de ses belles mains et la baiser, pour éviter une profession de foi qui me paroissoit assez déplacée ; mais à peine l'eus-je touchée qu'elle s'écria : Donnez-moi promptement de l'eau bénite, ma chère Clara. En effet, elle lui apporta un bénitier dans lequel elle trempa un linge dont elle essuya l'endroit que j'avois touché, avec un si grand soin et une attention si marquée que je ne pus m'empêcher de sourire ; mais, ne voulant point choquer ses préjugés, je pris le parti de lui dire quelle étoit ma religion ; et l'amour me rendit peut-être plus catholique que je ne l'avois jamais été.

Que la voix d'un homme qu'on aime persuade aisément ! me dit-elle ; elle triomphe de toutes les résolutions : je n'ai pu vous convaincre, vous m'avez persuadée. Je vous aime apparemment plus que vous ne m'aimez, et c'est un avantage que je saurai conserver sur vous. Je baisai alors une de ses mains, sans qu'elle eût recours à l'eau bénite. Je la priai de m'apprendre à qui j'avois le bonheur de parler. Vous le saurez un jour, me dit-elle ; ne cherchez point à pénétrer un mystère dont la découverte ne vous est d'aucune utilité ; méritez, par un amour et une discrétion sans bornes, le bonheur que je vous prépare. Alors la fidèle

Clara nous servit un léger repas. J'étois enchanté de toutes les grâces que je découvrois dans la belle espagnole ; tout respiroit en elle la volupté, et m'annonçoit un bonheur que j'obtins quelques momens après, et qui surpassa mes désirs. Vous ne m'aimerez pas longtemps, me disoit Antonia ; ma conquête vous a trop peu coûté. Vous ignorez tous les combats que j'ai soutenus ; je vous aime depuis le jour de votre arrivée : vous passâtes sur la grande place à la tête de votre régiment ; je vous vis d'une fenêtre grillée. Que n'ai-je point fait pour bannir l'impression que votre vue a faite sur mon cœur ! Je vous fuyois mal apparemment, car je vous rencontrois toujours.

Nous passâmes la nuit et toute la journée suivante au milieu des plaisirs et des tendres inquiétudes que la passion donne aux amans, et sur lesquelles les plaisirs les rassurent sans cesse. Quand nous fûmes au moment de nous séparer, Antonia leva les carreaux sur lesquels elle étoit assise, et prit une épée d'or garnie de quelques diamans d'un assez grand prix qu'elle me força d'accepter. J'y fus obligé ; car la plus grande offense que l'on puisse faire à un Espagnol, c'est de refuser ce qu'il offre : je la reçus donc en baisant mille fois la main qui me la donnoit, et je montai seul dans la calèche, qui me conduisit à l'endroit où je l'avois trouvée la veille.

Le lendemain, à mon réveil, je reçus une lettre d'Antonia ; ce fut un Maure qui me l'apporta. Elle étoit tendre et passionnée : Antonia me prioit de me promener le soir à cheval sur la grande place. Je vous verrai sans être vue, ajoutoit-elle, et je jouirai avec plaisir de l'inquiétude où vous serez de ne me point apercevoir. Clara vous dira demain, à la grande église, quand et de quelle façon nous pourrons nous revoir. J'exécutai les ordres que l'on m'avoit donnés. Après avoir regardé inutilement à toutes les jalousies, je revins chez moi m'occuper de mon aventure. Le jour suivant, je trouvai Clara dans l'église que l'on m'avoit indiquée, qui me dit, en feignant de prier Dieu : Rendez-vous à cheval, au jour tombant, et sans suite, derrière les murs du couvent de St-François ; le Maure que vous avez vu hier, s'y trouvera monté sur une mule ; vous n'aurez qu'à le suivre. Je fus exact au rendez-vous : j'y trouvai le Maure, il observa toujours le plus profond silence, et nous arrivâmes dans la basse-cour d'un château qui me parut considérable. Je mis pied à terre ; le Maure prit mon cheval, et me fit signe de monter par un petit escalier formé dans une tour. J'y trouvai Clara qui m'attendoit : Venez, me dit-elle, le plus heureux de tous les hommes. Elle me conduisit avec une lanterne sourde dans un cabinet, d'où je passai dans un appartement superbe où la belle Antonia m'attendoit. Vous triomphez de toutes mes craintes, me dit-elle, je goûte le plaisir de vous posséder chez moi malgré tous les périls que je puis courir ; j'espère que le bonheur que j'ai de vous voir, ne sera point interrompu ; mais, en cas d'accident, vous pourrez vous retirer : le Maure tient votre cheval au bas de l'escalier. J'employai les termes les plus touchans pour exprimer ma reconnoissance et mon amour. Nous étions dans ces transports de l'âme que l'amour seul fait connoître, et qui sont au-dessus de l'expression, quand nous entendîmes un grand bruit dans la chambre qui précédoit celle où nous étions : Fuyez, me dit Antonia avec transport ; je suis trahie, je périrai ; mais je ne m'en plaindrai pas, si je, puis vous croire en sûreté. Dans l'instant même on enfonça la porte, et je vis entrer un homme transporté de fureur et suivi de deux valets armés ; il tenoit son épée d'une main, et de l'autre un poignard. Il se jeta si promptement sur Antonia, que je ne pus l'empêcher de lui porter deux coups qui la firent tomber à mes pieds ; j'avois des pistolets de poche, je cassai la tête à celui qui venoit de blesser Antonia, et je tins en respect ceux qui l'accompagnoient. Elle me tendit les bras, et me dit d'une voix mourante : Qu'avez-vous fait, seigneur ! vous avez tué mon mari. Les deux valets, occupés à donner du secours à leur maître, me donnèrent le temps de prendre Antonia dans mes bras, et de gagner la porte du cabinet. Je descendis sans obstacle, je trouvai le Maure qui m'attendoit avec mon cheval ; il m'aida à prendre Antonia devant moi, et je m'éloignai de ce funeste lieu sans savoir où j'allois. Je m'abandonnai à la vitesse de mon cheval.

    Cependant Antonia ne donnant aucun signe de vie, je m'arrêtai pour lui donner quelques secours ; mes soins la firent revenir à la vie : Quoi ! c'est vous, me dit-elle, en ouvrant les yeux ! vous vivez, tous mes malheurs ne me touchent plus. Il n'y a point de grâce à espérer ni pour vous ni pour moi ; le rang et la dignité de mon mari vous attireront des ennemis sans nombre ; c'est le marquis de Falamos que vous avez tué. Je n'ai d'autre ressource que mon frère, il a un château peu éloigné d'ici, prenons-en le chemin, il ne me refusera pas un asile. Je remontai à cheval, je la pris dans mes bras, et nous arrivâmes à la pointe du jour dans le château. Nous fîmes éveiller aussitôt le comte, son frère, et l'on nous fit entrer dans sa chambre, sans avoir été vus que par un seul domestique. Il frémit au récit de l'aventure cruelle qui venoit d'arriver à sa sœur ; il l'aimoit, il la plaignit, et lui donna tous les secours possibles : ses blessures ne se trouvèrent pas mortelles. Il me conseilla de me tenir caché le reste du jour ; et, quand la nuit fut venue, il me dit que le service que j'avois rendu à sa sœur, lui faisoit oublier la vengeance que j'avois tirée de son beau-frère. Ma sœur m'a tout avoué, ajouta-t-il ; elle veut que je sauve vos jours, vous lui êtes cher, et l'amitié que j'ai pour elle, et la confiance que vous m'avez témoignée, en choisissant ma maison pour asile, m'engagent à favoriser votre fuite. Je vais vous donner un homme qui vous conduira sûrement à Madrid par des chemins détournés. Je le conjurai de me laisser voir la marquise ; mes prières furent inutiles. Elle m'a chargé, reprit-il, de vous remettre ce paquet ; je tiens ma parole, et ne puis faire autre chose. En achevant ces mots, il me conduisit dans la cour, où celui qui devoit me servir de guide, m'attendoit avec mon cheval, et nous partîmes aussitôt.

J'avois le cœur déchiré : je m'éloignois d'une femme charmante, je la quittois sans aucune espérance de la revoir, et dans quel état ! mourante et perdue pour moi. Nous marchâmes toute la nuit ; quand le jour parut, nous prîmes quelque repos dans un village écarté. Ce fut alors que j'ouvris le paquet que la marquise m'avoit fait remettre ; j'y trouvai son portrait et une lettre aussi vive et aussi pleine de regrets que celle que j'aurois pu lui écrire ; elle me prioit de garder toute ma vie ce portrait qu'elle avoit compté me donner la veille dans des momens plus heureux. Il étoit dans une boîte enrichie de diamans ; mais, ce qui me parut singulier, et ce qui me fit toujours reconnoître le caractère espagnol, fut d'y trouver une relique de saint Antoine de Pade, qu'elle partageoit avec moi, parce que, disoit-elle dans sa lettre, elle lui attribuoit notre salut dans cette dernière aventure, et me conjurait de ne m'en point séparer dans le danger où la famille de son mari l'exposoit ; elle finissoit en m'assurant d'un amour éternel.

J'arrivai sans aucun accident à Madrid ; je renvoyai mon guide, et le chargeai d'une lettre pour la marquise, et d'une autre pour son frère. J'allai sur-le-champ rendre mes devoirs à M. de Vendôme ; il me reçut avec cette bonté qui lui attachoit le cœur de toutes les troupes. Je lui contai mon aventure ; il me conseilla de ne pas demeurer dans Madrid, dans la crainte des assassins et des suites qu'une telle affaire pouvoit avoir entre les nations, et m'assura qu'il alloit faire changer mon régiment de quartier. Je n'eus pas de peine à me tenir caché : l'état de mon âme m'auroit rendu toute compagnie insupportable. On ignora absolument le lieu de ma retraite ; mon régiment fut relevé ; et, la campagne s'approchant, je fus bientôt en état de le joindre. Nos opérations furent heureuses, et je fus envoyé en quartier d'été dans un gros bourg, auprès duquel il y avoit une abbaye de filles.

Suivant les ordres que nous avions de protéger tous les couvens, j'y avois établi une garde. J'allois souvent me promener le long des murs du jardin de cette abbaye : il n'y avoit que la solitude qui convînt à la situation de mon cœur. Un jour, en passant sous les fenêtres d'un corps de logis de cette maison, j'entendis ouvrir une jalousie, et je vis tomber à mes pieds une lettre que je ramassai : je levai la tête ; mais la jalousie, déjà refermée, ne me laissa rien voir. Je pris le billet, je vis avec surprise qu'il m'étoit adressé : je l'ouvris, l'on y donnoit des éloges à la tristesse dont je paroissois pénétré ; l'écriture m'étoit inconnue, et je ne pouvois pas me flatter qu'elle fût écrite de la part de la marquise que l'on m'avoit assuré être morte de ses blessures. Il y avoit cependant des choses, dans cette lettre, qui ne pouvoient être écrites que par quelqu'un qui me connût par rapport à elle.

Dans cette incertitude, je revins chez moi écrire un billet, dans le dessein d'éclaircir mes doutes ; et le lendemain, à la même heure, je retournai sous la même fenêtre : la jalousie s'ouvrit, on descendit une petite corbeille attachée à un ruban ; je l'ouvris, je n'y trouvai rien, j'y plaçai ma lettre, et la corbeille remonta comme un éclair. J'attendis quelque temps, on ne fit aucun signal, et le jour suivant un nouveau billet tomba à mes pieds. On me marquoit que l'on vouloit s'entretenir avec moi de mes malheurs ; on me prioit encore de me trouver au milieu de la nuit le long des murs du jardin ; on m'indiquoit un pavillon auprès duquel je trouverois une échelle de corde. Je ne doutai point que cette lettre ne fût de Clara. Je me rendis au lieu marqué ; je trouvai ce qu'on m'avoit annoncé ; je montai sur le mur, et, changeant mon échelle de côté, je fus bientôt dans le jardin. J'aperçus une femme couverte d'un voile qui se retira dans les allées d'un bosquet ; je la suivis ; elle s'arrêta sur un banc de gazon. Ma chère Clara, lui dis-je, car ce ne peut être que vous, est-il bien vrai que la marquise ne soit plus ? Ce n'est que pour en parler, ce n'est que pour la pleurer que j'ai pu me résoudre à venir ici. Non, s'écria la femme voilée, elle n'est point morte votre chère Antonia. La voix et l'expression me manquèrent en reconnoissant la marquise elle-même ; je tombai à ses pieds, elle demeura appuyée sur moi en éprouvant le même trouble. Quand ce tendre saisissement fut passé, nous nous fîmes toutes les questions imaginables ; je lui reprochai de m'avoir laissé ignorer si long-temps le lieu de son séjour. Elle m'apprit que son frère m'avoit fait passer pour infidèle dans son esprit, et n'avoit pas laissé parvenir ma lettre jusqu'à elle : la douleur que cette nouvelle me causa, ajouta-t-elle, et l'éclat de la malheureuse aventure qui m'étoit arrivée, me déterminèrent à prier mon frère de me donner les moyens de vivre et de mourir ignorée. Il répandit le bruit de ma mort ; et me conduisit lui-même dans cette abbaye où personne ne me connoît. J'y mourrai contente puisque vous m'êtes fidèle ; c'est tout ce que je pouvois espérer dans le cruel état où l'amour m'a réduite ; je n'ai pu résister au plaisir de vous entretenir encore une fois : la manière et le lieu sont suspects, mais mes intentions sont pures ; ne cherchez point à me revoir, je vais chercher à vous oublier. Le sacrifice que je prétends faire de vous à celui qui m'a donné l'être, est complet ; adieu, je ne tiens plus au monde. En disant ces mots, elle se débarrassa de mes bras, et prit la fuite dans les détours du bosquet, sans qu'il me fût possible de la retrouver. Pendant cette recherche inutile, le jour parut, et je fus obligé de me retirer.

Quand je fus de retour chez moi, je trouvai dans ma poche un écrin de diamans d'un grand prix, qu'elle avoit eu l'adresse d'y mettre sans que je m'en aperçusse. Je passai mille fois sous la même fenêtre dans l'espérance de donner des lettres, d'en recevoir, et de remettre l'écrin ; mes soins furent inutiles, je ne vis rien. Je demandai à parler à l'abbesse ; je lui dis que j'avois des choses de la dernière conséquence à communiquer à une dame qui étoit dans sa maison, et dont je lui fis le portrait : l'abbesse feignit de ne la pas connoître. Je jugeai par ses réponses qu'il étoit inutile d'insister davantage, et je me retirai au désespoir.

Quelques jours après, je reçus ordre d'assembler le régiment, et de joindre l'armée : je le fis défiler devant l'abbaye ; je me flattois que mon départ feroit naître l'envie de me donner une dernière consolation, mais je n'aperçus rien, et fus obligé de partir le cœur pénétré de douleur.

Il n'y eut que les opérations de la campagne qui furent capables de me distraire du chagrin qui me dévoroit. Nous fîmes le siège de Gironne que nous prîmes ; le reste de la campagne se passa, entre M. de Vendôme et M. de

Staremberg, à s'observer et se fatiguer mutuellement. On fit venir de nouvelles troupes de France, et l'on y fit repasser quelques-unes de celles qui avoient le plus souffert ; mon régiment fut de ce nombre, et, en arrivant en France, il fut envoyé en quartier de rafraîchissement à ***. Les conférences qui commencèrent alors à Utrecht, donnèrent les premières espérances de la paix. J'aurois pu, dans ces circonstances, demander un congé pour revenir à Paris ; mais j'ai toujours cru qu'on ne devoit guère en faire usage que pour des affaires indispensables, et je n'en avois aucunes : ainsi je demeurai au régiment.

La vie que l'on mène dans la garnison, n'est agréable que pour les subalternes qui n'en connoissent point d'autre ; mais elle est très ennuyeuse pour ceux qui vivent ordinairement à Paris et à la cour ; le ton de la conversation est un mélange de la fadeur provinciale et de la licence des plaisanteries militaires. Ces deux choses, dénuées par elles-mêmes d'agréments, ne peuvent pas produire un tout qui soit amusant. Heureusement, ma maxime a toujours été de me faire à la nécessité, de ne rien trouver mauvais, et de préférer à tout la société présente. Je me livrai donc à la vie de garnison ; nous fûmes présentés en corps par un officier, qui lui-même l'avoit été la veille dans toutes les maisons où l'on recevoit les officiers. Nous apprîmes en un moment quelles étoient les femmes que le régiment que nous remplacions, laissoit vacantes. On eut grand soin de me montrer celles qui étoient dévouées à l'état major ; car il est d'usage d'observer en ce cas l'ordre du tableau. Rien n'est, à mon gré, si plaisant que de voir la façon dont on s'examine, et dont on se choisit pendant les premières vingt-quatre heures. Ou parle d'abord beaucoup du régiment qui vient d'être relevé ; les femmes se répandent fort en éloges sur les officiers polis et aimables qui leur ont donné des bals et des fêtes : c'est un moyen pour engager les nouveaux venus à suivre l'exemple de leurs prédécesseurs ; les citations du passé sont un des arts que les femmes de tout état emploient le plus volontiers. Les dames de la garnison qui ont conservé le portrait de leurs amans, ne le portent pas en bracelet : ce sont des grands portraits qui parent ordinairement la salle d'assemblée. Je m'attachai à une madame de Grandcour qui étoit assez jolie, et le lendemain je lui donnai le bal. C'est une déclaration authentique dont l'éclat est nécessaire. Je fus donc bien reçu et aussitôt en charge. Je faisois tous les jours la partie de madame ; je la voyois tête à tête après souper, ou quelque temps avant l'heure de l'assemblée, qui se tenoit alternativement chez quelques-unes. Ce que nous faisions dans la société de l'état major et des capitaines, les subalternes le pratiquoient de leur côté. En trois jours un régiment est établi, peut-être mieux qu'au bout d'un an ; car dans les commencemens il ne peut y avoir de tracasseries, et l'on n'a point de mauvais procédés à se reprocher.

J'étois avec madame de Grancourt dans un commerce réglé, lorsque, par un caprice dont je n'ai jamais bien sçu le motif, elle me dit un soir que je ne pouvois pas rester chez elle après l'assemblée qui s'y tenoit ce jour-là ; qu'elle me prioit de sortir avec la compagnie ; et que sur le minuit je n'avois qu'à me rendre sous le balcon de sa fenêtre ; que j'y trouverois une échelle de corde par le moyen de laquelle je passerois dans son appartement. Tant de précautions me paroissoient assez superflues dans les termes où nous en étions ; cependant je ne fis pas de difficultés, je sortis comme les autres, et je me rendis sous la fenêtre à l'heure marquée. J'y trouvai cette mystérieuse échelle, j'y montai, et j'étois près de passer par-dessus le balcon dans l'appartement, lorsque la patrouille vint à passer. L'officier qui la conduisoit m'aperçut, il m'ordonna aussitôt de descendre pour me faire arrêter, et je descendis en enrageant. Mais à peine cet officier, qui étoit de mon régiment, m'eut-il reconnu qu'il fit un éclat de rire. Quoi ! c'est vous, dit-il, mon colonel ? Et que diable allez vous donc faite par ce balcon ? Je croyois vos affaires plus avancées. Morbleu ! lui dis-je, je le croyois aussi ; mais une sotte complaisance pour une folle..... Allez, allez, reprit-il, vous n'êtes point fait pour prendre cette voie-là : on ne doit faire entrer aujourd'hui par une fenêtre que ceux qu'on y peut faire sortir ; frappez à la porte, et faites-vous ouvrir. Il se mettoit déjà en devoir d'exécuter ce qu'il me disoit ; mais je l'en empêchai, et je me retirai chez moi plein de dépit.

    Une aventure arrivée à un colonel dans une garnison ne peut pas être secrète ; la mienne fut publique le lendemain. J'avois eu le temps de me remettre, et je me prêtai de bonne grâce à toutes les plaisanteries. Les plus mauvaises que j'eus à essuyer, furent celles de l'intendante. Elle me dit que le commerce de la bourgeoisie étoit au-dessous de moi, et qu'elle avoit à se plaindre de ce que je la négligeois. Il est vrai que j'y allois peu. L'insipide fatuité qui régnoit à l'intendance m'en avoit écarté. Monsieur l'intendant étoit un petit homme plein de prétentions, d'une mine basse, d'un air fat, d'un esprit faux, d'un babil éternel, et d'un maintien impertinent. Dès notre première entrevue j'avois remarqué dans les politesses excessives qu'il croyoit me faire, une suffisance que j'aurois imaginée être au dernier période, si je n'avois vu quelque temps après madame l'intendante. Ce couple poussoit la morgue et la vanité au dernier excès.

Les agaceries que mon aventure m'attira de la part de l'intendante, me firent changer de conduite, et je résolus de m'y attacher. Je pris le parti de m'en amuser ; et, pour y parvenir, j'eus la méchanceté d'entretenir leur manie : d'ailleurs les troupes ont malheureusement besoin de ces gens-là. Je flattai donc leur orgueil, j'applaudis à leurs ridicules, je disois, en leur parlant d'eux-mêmes, *des gens comme eux*. Je soutenois que la représentation étoit nécessaire dans la place qu'ils occupoient, et faisoit partie du service du roi. Cette conduite fut très-utile à mon régiment. Il n'étoit que par détachement dans la ville ; le reste étoit répandu dans les villages autour de la place. Le soldat avoit beau faire du désordre, toutes les plaintes du pays n'étoient pas seulement écoutées, et le quartier fut bon ; les bonnes grâces de madame l'intendante, que je parvins à obtenir, le rendirent encore meilleur. J'étois le plus considérable de ceux qui se trouvoient alors à *** ; ainsi elle m'écouta par vanité, et je la pris parce que je n'avois rien de mieux à faire. Elle n'étoit que médiocrement jolie ; mais la nécessité et la jeunesse ne me rendoient pas difficile. Mon prédécesseur dans ses bonnes grâces, étoit un jeune officier d'infanterie parfaitement bien fait. L'honneur de la couche de madame l'intendante l'avoit flatté ; et, par ses soumissions aveugles, il avoit séduit son orgueil ; mais il me fut sacrifié. J'étois obligé d'essuyer l'ennui des discours de l'intendante sur les prérogatives de sa place. On ne conçoit pas les hauteurs qu'elle avoit en ma présence avec tous les autres ; enfin elle n'oublioit rien et outroit tout pour me persuader de la dignité et de l'éminence de l'intendance, et pour me faire oublier qu'étant souveraine en province, elle n'étoit qu'une bourgeoise à Paris.

Cependant tout annonçoit la paix, et elle fut bientôt conclue. J'avois toujours eu envie de voyager, et sur-tout de voir l'Italie : je me trouvois assez à portée d'y passer du lieu où j'étois ; je demandai un congé, et je l'obtins.

Les charmes de madame l'intendante ne furent pas capables de m'arrêter ; le commerce que j'avois avec elle n'étoit apparemment attaché qu'à la ville où je l'avois rencontrée ; car, l'ayant retrouvée l'année suivante à Paris, il ne fut jamais mention de rien qui eût rapport à ce qui s'étoit passe entre nous ; mais je remarquai combien la vanité d'un intendant a quelquefois à souffrir dans une ville qui sert si parfaitement à corriger les fatuités subalternes.

Après avoir quitté ***, je parcourus toute l'Italie : je n'oubliai rien de tout ce qui pouvoit intéresser la curiosité, et me faire retirer le fruit de mes voyages. Je m'attachai particulièrement à éviter tout ce qui décrie la jeunesse françoise. J'étois sur-tout en garde contre le danger des courtisanes ; et je serois, je crois, revenu sans connoître les Italiennes, si une aventure qui m'arriva à Venise, ne m'en eût procuré l'occasion.

Une femme jeune, belle et bien faite, qui se nommoit la signora Marcella, m'y retint trois mois dans les plaisirs les plus vifs. Il n'y a point de pays où la galanterie soit plus commune qu'en France ; mais les emportemens de l'amour ne se trouvent qu'avec les Italiennes. L'amour, qui fait l'amusement des Françoises, est la plus importante affaire et l'unique occupation d'une Italienne. Au lieu de raconter moi-même cette aventure, je joindrai ici une lettre que Marcella écrivit, quelques jours après mon départ de Venise, à une de ses amies, et que celle-ci me renvoya ; on y verra des circonstances que j'omettrois comme frivoles, et qui sont trop importantes pour qu'une Italienne les oublie.

Lettre de la signora Marcella, à la signora Maria[1].

« Qui peut soulager les peines de mon cœur, ma chère amie ? Qui peut effacer de mon esprit le souvenir de mes plaisirs passés ? Que vous êtes heureuse avec votre amant ! Vous êtes ensemble à la campagne, et n'avez point d'obstacle dans votre passion ; la maison délicieuse où vous le possédez ajouteroit encore aux plaisirs de l'amour, s'il avoit besoin d'autre chose que de lui-même. Paris fait aujourd'hui l'objet de tous mes vœux ; cette ville, si heureuse pour les femmes, et si funeste pour moi, est la patrie du signor Carle[2] ; il l'habite à présent, et je n'y saurois être, je ne puis que m'affliger. Souffrez, ma chère amie, que, pour soulager ma douleur, je vous retrace les impressions que l'amour a faites sur mon cœur ; vous jugerez si l'on peut en ressentir plus vivement les fureurs.

» Vous savez que j'ai vécu pendant cinq ans avec mon mari dans une union tranquille ; je croyois que l'indolence d'un état languissant étoit de l'amour ; il n'étoit réservé qu'au signor Carle de me tirer de l'erreur où j'étois.

» Il y a quelques mois que je le trouvai au Ridotte. Sa vue me fit un cœur nouveau : un penchant invincible m'entraîna sans réflexion ; je profitai de l'heureuse liberté du masque pour lui parler ; son esprit me charma autant que sa figure. L'envie de lui plaire m'avoit engagée à lui faire des avances ; je craignis, après l'avoir quitté, qu'il ne me confondît avec les coquettes et les courtisanes. Ces réflexions m'occupèrent toute la nuit. L'amour, qui donne et détruit les idées dans le même instant, me faisoit redouter son insensibilité, ou flattoit mon espoir. J'avois chargé un de mes gondo liers de s'informer avec exactitude de celui qui étoit déjà l'idole de mon cœur ; j'appris dès le lendemain son nom, son pays, et qu'il étoit depuis un mois à Venise. Dans la conversation que j'avois eue avec lui, j'avois reconnu avec chagrin qu'il étoit François, je n'en devins que plus sensible au désir de le fixer. J'appris avec transport qu'il étoit libre, et qu'il n'avoit aucun commerce avec les malheureuses dont notre ville est remplie. Ces idées me conduisirent le jour même au Ridotte, je l'y trouvai. Je m'étois aperçu la veille qu'il m'avoit quittée un moment pour demander mon nom, et je l'avois remarqué avec plaisir ; mon trouble, en le voyant, fut extrême ; il n'étoit pas masqué, je pouvois lire sur son visage les impressions que je faisois sur lui. Mes yeux saisissoient avec vivacité ses moindres mouvemens. Notre conversation étoit animée par cette curiosité qui réveille tous les sens, qui cherche et qui fait à chaque instant des découvertes nouvelles. Je le trouvai instruit de tout ce qui pouvoit me regarder ; je jugeai par moi-même que cette curiosité n'est jamais la suite de l'indifférence. Je voulus savoir l'impression que mes traits feroient sur lui ; je lui fis signe de me suivre, il m'obéit. Nous sortîmes du Ridotte, et nous entrâmes dans un de ces cafés dont il est environné ; je me fis ouvrir une chambre particulière. Sitôt que nous fûmes seuls, il me pria de me démasquer, je cédai à son impatience. Que l'amour-propre dans ces instans est soumis à l'amour ! J'attendois mon arrêt, un coup d'œil alloit le prononcer. Mon âme étoit suspendue ! Je remarquai dans les yeux de mon amant une joie qui pénétra mon âme. Son empressement, la vivacité de ses désirs et de ses caresses me faisoient craindre qu'il ne l'emportât sur moi en amour, et mit le comble à ma passion. Je ne puis exprimer aujourd'hui tout ce que l'amour nous inspiroit à l'un et à l'autre dans cet instant. Nous ne pouvions demeurer dans ce lieu que le temps qu'il nous falloit pour prendre les mesures capables d'assurer notre bonheur. J'exigeai qu'il reparût au Ridotte ; je revins chez moi uniquement occupée de mon amour. Mon mari, ma maison, mes gens, tout ce qui l'environnoit, prit une forme nouvelle et désagréable à mes yeux. J'avois une vie nouvelle à arranger, je voulois être informée de toutes les démarches de mon amant. Que d'idées, que de projets occupoient mon esprit ! mais j'éprouvai que l'amour sait applanir toutes les difficultés. J'envoyai mon gondolier reconnoître encore la maison de mon amant, regarder, examiner et observer les plus petites circonstances. J'aurois voulu prendre ce soin. Carle reconnut mon gondolier, et lui donna un billet pour moi ; il me parut vivement écrit, l'amour l'avoit dicté, l'amour le lisoit. J'accablai de questions celui qui me le rendit, je voulus savoir comment il avoit été reçu ; mon impatience m'empêchoit d'apporter aucun ordre dans mes questions, et me les faisoit précipiter ; une nouvelle question me paroissoit toujours plus importante que la dernière. J'appris que sa maison donnoit sur un petit canal assez proche de mon palais, et dans un endroit peu fréquenté ; je compris qu'il me seroit aisé, à la faveur du masque, de me rendre chez lui. Je convins le soir au Ridotte, avec le signor Carle, qu'il m'attendroit le lendemain sur les trois heures. Quoique je fusse animée par l'amour, quand l'heure de mon départ arriva, je sentis un trouble qui m'étoit inconnu ; mon cœur palpitoit ; j'envisageois les conséquences de ma démarche ; j'avois cette irrésolution qui vient plus des doutes de l'amour que des combats de la vertu ; j'éprouvois ce doux frissonnement que donnent les approches du plaisir. Mon amant, qui m'attendoit, me prit dans ses bras, et me conduisit dans son appartement ; ce ne fut pas sans m'arrêter à chaque pas pour m'accabler de caresses : mon âme n'étoit plus à elle. Trop étonnée pour me refuser à l'amour, trop passionnée pour avoir des remords, mon âme nageoit dans les plaisirs, et ne fit qu'un instant de quelques heures ; tout m'étoit nouveau, et cette nouveauté est l'âme de l'amour. Jamais une plus aimable confusion ne s'est emparée des idées ; timide sur mes désirs, embarrassée dans mes expressions, séduite par les plaisirs, animée par ceux de mon amant, je n'étois que docile et soumise. La nuit qui survint nous fit voir avec regret qu'il falloit s'arracher des bras de l'amour ; le signor Carle me conduisit à la première gondole. Que j'aimois mon amant ! je me reprochois le peu d'amour que je lui avois témoigné, je désirois de le revoir pour le rassurer. J'allai chez la signora Baldi ; je voulois avoir fait une visite que je pusse avouer à mon mari. J'arrivai chez elle au milieu d'une nombreuse compagnie, tout le monde me parut ébloui de ma beauté ; le bonheur de l'amour répand l'éclat et la sérénité sur tous les traits. Mon amant me devint plus cher que ma vie ; l'amour nous fit rechercher de nouveaux rendez-vous, et nous les fit trouver. Tout ce que l'amour inspire aux amans, tout ce que les plaisirs peuvent procurer, nous l'avons mis en pratique avec un succès toujours nouveau. Hélas ! il ne m'en reste que les regrets ; il est parti, et je ne puis soutenir l'idée de ne le voir jamais. J'ai reçu de ses nouvelles ; mais les foibles plaisirs que les lettres procurent, ne servent qu'à faire regretter un état plus heureux. Les amans qui m'obsèdent, ne font qu'irriter mes peines, et ne peuvent effacer Carle de mon âme. Adieu, ma chère amie, plaignez et aimez-moi ».

J'étois dans toute la vivacité de mon intrigue avec la signora Marcella, lorsqu'on apprit à Venise la mort du roi. Je reçus ordre en même temps de revenir en France. Comme j'étois moins retenu à Venise par l'amour que par des plaisirs qui se trouvent partout, j'eus moins de peine à m'en arracher. J'essayai inutilement de consoler Marcella ; enfin, après lui avoir promis de revenir, et après toutes les protestations que les amans font en pareil cas, souvent de la meilleure foi du monde, et qu'ils ne tiennent jamais, je partis. À peine étois-je arrivé à Paris, que je reçus, de la signora Maria, la lettre que je viens de rapporter. J'en reçus aussi beaucoup de Marcella, pleines de passion et d'emportement. Je lui écrivis plusieurs fois ; mais bientôt l'absence l'effaça de mon esprit : apparemment que la persévérance d'un autre amant me remplaça dans son cœur ; car elle cessa de m'écrire, et je n'entendis plus parler d'elle.

Je trouvai, en arrivant à la cour, qu'elle avoit absolument changé de face. Le feu roi qui, dans sa jeunesse, avoit été extrêmement galant, avoit toujours apporté beaucoup de décence dans ses plaisirs. Les fêtes superbes qu'il avoit données, avoient rendu sa cour la plus brillante qu'il y eût jamais eu dans l'Europe, et avoient, plus que toute autre chose, favorisé le progrès des talens et des arts. Il suffisoit que les courtisans eussent le goût délicat, pour qu'ils imitassent le roi ; mais ils furent obligés de recourir à la flatterie, lorsqu'il fut parvenu à un âge plus avancé. Le roi, en vieillissant, se tourna du côté de la dévotion, et dans l'instant toute la cour devint dévote, ou parut l'être. Après sa mort, le tableau changea totalement, et sous la régence on fut dispensé de l'hypocrisie. Le petit nombre de ceux qui étoient véritablement vertueux, restèrent tels qu'ils étoient, et ceux qui avoient joué la vertu, devinrent, en l'abandonnant, plus honnêtes gens qu'ils n'avoient été, puisqu'ils cessèrent d'être hypocrites. Plusieurs furent aussi faux dans le libertinage qu'ils l'avoient été dans la dévotion, et crurent faire leur cour en se livrant aux plaisirs. Ce qu'il y a de sûr, c'est que cela étoit parfaitement indifférent.

Pour moi, qui n'avois point de prétentions, et qui n'étois pas dans l'âge de l'ambition, je suivis mon goût ; mon cœur ne pouvoit pas demeurer oisif, et mon premier soin fut de chercher une femme à qui je pusse m'attacher.

Madame de Sezanne, jeune, belle, bien faite et nouvellement mariée, me parut digne de mon hommage. Je m'attachai auprès d'elle, et lui rendis les soins les plus assidus : heureusement elle n'avoit point d'engagement ; car je n'ai jamais compté un mari pour quelque chose. Madame de Sezanne étoit un caractère franc et sincère : elle reçut mes vœux, et sitôt qu'elle eut pris du goût pour moi, elle me l'avoua, et bientôt m'en donna des preuves. Nous vécûmes environ deux mois dans une union parfaite ; mais insensiblement madame de Sezanne devint coquette, ou du moins je commençai à m'en apercevoir. Je lui en fis des reproches ; elle en parut étonnée, et me dit qu'elle ne croyoit pas avoir rien à se reprocher à mon sujet, puisqu'elle m'aimoit uniquement. Je me rendis à ses protestations ; mais ce ne fut pas pour long-temps. Madame de Sezanne ne parut pas apporter beaucoup de soin à me détromper, ou de précautions à me tromper. Sa beauté commençoit à faire du bruit, et mille amans s'empressèrent auprès d'elle. Quoique je ne remarquasse pas qu'elle m'en préférât aucun, je trouvois qu'elle se prêtait avec trop de facilité à toutes les agaceries qu'on lui faisoit, et je recommençai mes plaintes. Madame de Sezanne, qui m'avoit d'abord rassuré avec bonté, me dit alors que mes reproches la fatiguoient. Je ne pris pas son chagrin pour une preuve d'innocence ; je sortis, et je fus deux jours sans la voir ; mais l'amour me ramena vers elle. Je lui fis tout à la fois des reproches et lui demandai pardon, et nous nous raccommodâmes. Nous vécûmes quelque temps ensemble, en passant le temps à nous brouiller et à nous raccommoder tous les jours. Enfin, fatiguée de mes plaintes autant que je l'étois de sa coquetterie, elle me déclara qu'elle ne pouvoit plus supporter mon humeur, qu'elle avoit pris son parti ; elle me donna mon congé, et je l'acceptai. Dans le dépit où j'étois, je m'emportai contre elle et contre toutes les femmes, en déclamant contre leur infidélité. Ce qu'il y a de singulier, c'est qu'elle n'a jamais pris d'autre amant ; le public l'a toujours regardée comme un caractère fort opposé à la coquetterie ; et elle m'a paru depuis à moi-même mériter le jugement du public. Si j'en jugeois différemment lorsque je vivois avec elle, c'est que j'avois l'esprit gâté par les deux aventures qui m'étoient arrivées en Espagne et en

Italie. Je fis une sérieuse réflexion sur les femmes et sur moi-même. Je compris que je ne devois pas chercher à Paris la passion italienne, ni la constance espagnole ; que je devois reprendre les mœurs de ma patrie, et me borner à la galanterie françoise. Je résolus de me conduire sur ce principe, de ne me point attacher, de chercher le plaisir en conservant la liberté de mon cœur, et de me livrer au torrent de la société.

Je ne rapporterai point le détail et toutes les circonstances des intrigues où je me suis trouvé engagé. La plupart commencent et finissent de la même manière. Le hasard forme ces sortes de liaisons ; les amans se prennent parce qu'ils se plaisent ou se conviennent, et ils se quittent parce qu'ils cessent de se plaire, et qu'il faut que tout finisse. Je m'attacherai simplement à distinguer les différens caractères des femmes avec qui j'ai eu quelque commerce.

Je n'eus pas plutôt rompu avec madame de Sezanne, que je trouvai dans madame de Persigny tout ce qu'il me falloit pour me confirmer dans mes nouveaux sentimens, et dans la résolution que je venois de prendre de n'avoir point de véritable attachement de cœur.

Les femmes, à Paris, communiquent moins généralement entre elles que les hommes. Elles sont distinguées en différentes classes qui ont peu de commerce les unes avec les autres. Chacune de ces classes a ses détails de galanterie, ses décisions, sa bonne compagnie, ses usages et son ton particulier ; mais toutes ont le plaisir pour objet, et c'est là le charme du séjour de Paris. J'ai eu lieu de remarquer toutes ces différences.

Madame de Persigny étoit ce qu'on appelle dans le Marais une petite maîtresse ; elle étoit née décidée, le cercle de son esprit étoit étroit : elle étoit vive, parloit toujours, et ses réparties, plus heureuses que justes, n'en étoient souvent que plus brillantes. Élevée en enfant gâté, parce que dès l'enfance elle avoit été jolie, les amans achevèrent ce que les parens avoient commencé. Elle se croyoit nécessaire partout, il n'y avoit rien que l'on pût voir, point d'endroit où l'on pût aller, que l'on n'y trouvât madame de Persigny. Un de ses désirs eût été de pouvoir, comme les jeunes gens, se montrer dans le même jour à plusieurs spectacles ; mais, pour s'en dédommager, elle paroissoit à toutes les promenades. Les calèches de goût, les attelages brillans la promenoient sans cesse aux environs de Paris ; souvent elle alloit souper avec sa compagnie dans des maisons de campagne pendant l'absence de leurs maîtres, et le traiteur ne lui déplaisoit pas. Il n'y avoit rien qu'elle ne préférât à l'ennui d'être chez elle et au chagrin de se coucher. Trop vive pour s'assujétir à une partie de jeu, elle la commençoit et la quittoit à moitié ; mais elle aimoit la table, et elle y étoit charmante. Ce fut à un souper que je la connus ; il fut poussé fort avant dans la nuit. Née coquette, elle s'aperçut de l'impression qu'elle faisoit sur moi, et redoubla ses coquetteries. En sortant de table, elle proposa d'aller à Neuilly : cette folie étoit alors dans sa nouveauté, je l'acceptai avec plaisir ; je la suivis avec une de ses amies, je la ramenai chez elle, et la quittai avec une ample provision de parties méditées et de projets sans nombre pour lesquels elle m'engagea. Je consentis à tout : j'avois envie de lui plaire, ou plutôt de l'avoir ; et je me trouvai bientôt emporté dans la vie la plus turbulente ; mais la destinée me conduisoit à tout voir, et ma facilité naturelle l'engageoit à me prêter à tous les goûts.

Quand une partie manquoit, il falloit absolument en substituer une autre ; c'étoit alors que l'imagination de madame de Persigny travailloit, que les messages couroient, et qu'il étoit indispensablement nécessaire de trouver de quoi remplir un intervalle qui se trouvoit vide. La crainte de l'ennui étoit un ennui pour elle : c'étoit lorsqu'il falloit remplacer une partie, qu'elle devenoit caressante ; son esprit étoit insinuant, et c'est avec ce caractère que la femme la plus extravagante fait approuver et partager aux hommes toutes les folies qui lui passent par la tête. J'obtins tout ce que je désirois dans une circonstance pareille ; mais, après m'avoir tout accordé, elle ne m'en parut pas plus attachée à moi. Les rendez-vous qu'elle me donnoit, étoient presque toujours en l'air. Un souper tête à tête dans une petite maison lui paroissoit toujours trop long ; il falloit se contenter d'y aller passer quelques momens. L'envie de s'y rendre lui prenoit au moment que je m'y attendois le moins ; ainsi, je m'accoutumai à recevoir à sa toilette mes rendez-vous les plus ordinaires, parce qu'elle avoit remarqué qu'ils lui prenoient moins de temps. Il est vrai qu'elle n'avoit pas même l'apparence du tempérament, et que la complaisance et les ouï-dire la déterminoient uniquement. Elle prenoit un amant comme un meuble d'usage, c'est à-dire de mode : sans les faveurs il se retire, il faut bien consentir à lui en accorder. Les lettres qu'elle écrivoit, partoient du même principe ; on trouvoit à la fin quelques mots tendres consacrés par l'usage, le reste avoit toujours la dissipation pour objet. Son mari, qui étoit un fort galant homme, avoit si bien senti l'impossibilité de fixer un tel caractère, qu'il ne la contraignoit en rien, et s'étoit rassuré sur l'indifférence que la nature lui avoit donnée en naissant : on voit qu'il n'y gagnoit pas davantage. Indépendamment de toutes les raisons frivoles et des motifs ridicules de madame de Persigny pour avoir toujours un amant en titre et des aspirans, l'envie d'avoir quelqu'un absolument à ses ordres, l'engageoit à en conserver toujours un, qui ne devoit pas être infiniment flatté d'une préférence dont le hasard décidoit ; mais elle étoit jolie et brillante, il n'en faut pas tant dans le monde pour être recherchée.

Je ne fus pas long-temps sans ressentir tous les dégoûts et toutes les peines d'une vie aussi agitée. L'imagination de madame de Persigny n'étant jamais arrêtée, l'on ne pouvoit être sûr d'aucun plaisir avec elle ; le souper même, qui sembloit l'amuser, se passoit ordinairement dans les arrangemens de ce que l'on pouvoit faire le lendemain.

Pour ne point donner au public des scènes que son étourderie pouvoit aisément occasionner, et que je craignois de partager, je prétextai plusieurs voyages à la campagne ; j'eus soin d'en avertir long-temps auparavant, et les parties s'arrangèrent sans moi. À peine madame de Persigny s'aperçut-elle de mon absence ; je ne sais même si elle eut le temps de voir que nous ne vivions plus ensemble. Elle ne manqua pas de gens aimables qui s'empressèrent à me remplacer, et qui bientôt le furent eux-mêmes par d'autres. Enfin, sans rompre précisément avec elle, je cessai d'être son amant en titre.

Madame de Persigny m'avoit si parfaitement corrigé des fausses délicatesses dont j'avois tourmenté madame de Sezanne, que celle-ci, dont j'avois blâmé la coquetterie, m'auroit alors paru une prude. Il sembloit que l'amour eût entrepris de me faire l'humeur, en m'assujétissant aux caractères les plus opposés.

Pendant que je cherchois à respirer des fatigues que m'avoit causées la pétulance de madame de Persigny, je me trouvai à dîner chez une de mes parentes avec une femme, dont la beauté, la taille noble, l'air sérieux, doux et modeste attirèrent mon attention. Elle pensoit finement, et l'exprimoit avec simplicité. Je demandai qui elle étoit ; j'appris qu'elle se nommoit madame de Gremonville, et qu'elle étoit dévote par état. Sa figure, son esprit et son maintien me frappèrent, et firent impression sur mon cœur. Je n'osai lui demander la permission d'aller chez elle : son état et le mien ne sembloient pas compatir, et je ne voulus rien brusquer ; mais je me proposai bien de venir souvent dans cette maison, où j'appris qu'elle se trouvoit ordinairement, et j'exécutai mon projet. Je voyois donc assez souvent madame de Gremonville chez ma parente.

J'étois moins sensible à ses attraits, qu'au plaisir de voir en elle la simple nature ou du moins ses apparences. Elle ne mettoit point de rouge, ce qui étoit une nouveauté pour moi, et le calme du régime ajoutoit encore à sa beauté. Je sentois qu'elle me plaisoit infiniment ; j'étudiais ses sentimens, je n'étois occupé qu'à les flatter : elle y paroissoit sensible ; mais je n'osois pas encore me déclarer.

Ce qui commença à me donner quelqu'espérance, fut d'apprendre qu'elle n'avoit embrassé l'état de la dévotion, que pour ramener l'esprit de son mari, qu'une affaire assez vive avec un jeune homme avoit un peu éloigné d'elle. Son premier attachement me fit connoître qu'elle n'étoit pas insensible. Je lui demandai la permission d'aller chez elle, et je l'obtins. Je remarquai d'abord que madame de Gremonville, outre la considération qu'elle avoit dans le public, avoit pris un empire absolu sur l'esprit de son mari. La dévotion est un moyen sûr pour y parvenir. Les vraies dévotes sont assurément très-respectables et dignes des plus grands éloges ; la douceur de leurs mœurs annonce la pureté de leur âme et le calme de leur conscience ; elles ont pour elles mêmes autant de sévérité que si elles ne pardonnoient rien aux autres, et elles ont autant d'indulgence que si elles avoient toutes les foiblesses. Mais les femmes qui usurpent ce titre, sont extrêmement impérieuses. Le mari d'une fausse dévote est obligé à une sorte de respect pour elle, dont il ne peut s'écarter, quelque mécontentement qu'il éprouve, s'il ne veut avoir affaire à tout le parti. Madame de Gremonville disposoit à son gré d'un bien considérable ;

tout ce que la magnificence a de solide et de recherché l'environnoit, sans avoir d'autre apparence que celle de la propreté et de la simplicité : on le sentoit ; mais il falloit examiner pour s'en apercevoir.

Madame de Gremonville fut la première des dévotes qui adopta la mode singulière des petites maisons, que le public a passées aux femmes de cet état par une de ces bizarres inconséquences dont on ne peut jamais rendre compte. C'est là que, sous le prétexte du recueillement, il leur est libre de faire avec très-peu de précaution tout ce que ce même public, si réservé sur elles, ne passeroit point aux femmes du monde. Enfin, sur cet article, les choses en sont au point que toute la différence ne tombe que sur les heures : on y dîne avec la dévote, on y soupe avec la femme du monde ; de façon que la même maison pourroit en quelque sorte servir à l'une et à l'autre.

Les visites des prisonniers, celles des hôpitaux, un sermon ou quelque service dans une église éloignée, donnent cent prétextes à une dévote pour se faire ignorer, et pour calmer les discours, quand par hasard elle est reconnue. Dès que le rouge est quitté, et que par un extérieur d'éclat une femme est déclarée dévote, elle peut se dispenser de se servir de son carrosse ; il lui est libre de ne se point faire suivre par ses gens, sous prétexte de cacher ses bonnes œuvres ; ainsi, maîtresse absolue de ses actions, elle traverse tout Paris, va à la campagne seule ou tête à tête avec un directeur. C'est ainsi que, la réputation étant une fois établie, la vertu, ou ce qui lui ressemble, devient la sauvegarde du plaisir.

Madame de Gremonville commença par me faire cent questions différentes sur les femmes avec qui j'avois vécu, tantôt en déplorant la conduite des femmes du monde, tantôt en leur donnant des ridicules. Elle éprouvoit ma discrétion sur les autres, afin de s'en assurer pour elle-même. L'amour-propre ne me fit jamais rompre le silence qu'un honnête homme doit garder sur cette matière. J'ai toujours été plus sensible au plaisir, qu'à la vanité de la bonne fortune. Cette discrétion fit impression sur son esprit, car j'avois déjà touché son cœur. J'achevai de la séduire en l'accablant d'éloges sur sa beauté, ses grâces, et même sur sa vertu. J'admirais toujours les sacrifices qu'elle faisoit à Dieu ; mes discours étoient flatteurs, sans paroître hypocrites. Je lui vantois les plaisirs du monde, et mes yeux l'assuroient que j'étois près de lui en faire le sacrifice. Dans la crainte que l'on ne pénétrât le motif de mes visites, elle m'avertit des heures de ses exercices de piété, et de celles où je devois me rendre auprès d'elle, pour n'y pas trouver les dévotes qui s'y rassembloient quelquefois pour traiter des affaires du parti. Quoique la médisance ne fût pas un des projets décidés de cette assemblée, c'étoit un des devoirs que l'on y remplissoit le mieux. Je prenois assez bien mon temps pour me trouver toujours seul avec madame de Gremonville.

Je m'aperçus bientôt que l'amour me donnoit de plus en plus sa confiance ; son mari même en plaisantoit avec moi :

Prenez garde, me disoit-il souvent, si madame de Gremonville vous entreprend, elle vous convertira. Elle avoit fait observer ma conduite, elle m'avoit fait écrire des lettres qui m'offroient des aventures agréables ; mais le goût qu'elle m'avoit inspiré, et l'envie d'avoir une dévote me rendoient peu curieux d'autres intrigues, et produisirent en moi l'effet de la prudence. Enfin, après avoir subi tous les examens dont je pouvois le moins me douter, j'obtins un rendez-vous dans sa petite maison, où je fus introduit en habit d'ecclésiastique, et ce fut dans la suite mon déguisement ordinaire. Le masque ne donne pas plus de liberté à Venise, que le manteau noir en fournit à Paris, où chacun, occupé de ses plaisirs, ne pense guère à troubler ceux des autres.

Le prétexte d'un office particulier donna à madame de Gremonville le moyen de s'absenter, et de dire qu'elle dînoit chez une de ses amies pour retourner avec elle au service de l'après-midi. Malgré tant de précautions, elle prit encore celle de m'ouvrir la porte elle-même. Nous montâmes dans un appartement où régnoient à l'envi la simplicité, la propreté et la commodité. Je fis aussitôt éclater tous mes transports. Que vous êtes pressant, me dit-elle ! Quoi ! le plaisir d'aimer et celui d'être aimé ne peuvent vous suffire ? Je vous donne un rendez-vous pour épancher nos cœurs dans une plus grande liberté ; le danger auquel je m'expose pour vous avoir ici, ne peut vous convaincre de l'empire que vous avez sur mon cœur ; non, vous ne m'aimez point ; vous voulez séduire ma vertu, pour me confondre avec les autres femmes, et pouvoir me mépriser comme elles. J'employai les caresses et les empressemens pour la rassurer ; je vis qu'elle étoit émue, mais que la pudeur combattoit encore. J'allai fermer les volets, elle ne s'y opposa point, et, revenant à ses genoux, je la trouvai foible et complaisante à tous mes désirs. Je saisis ce moment ; je l'emportai sur un lit de repos, et je devins heureux. Dès que mon bonheur fut confirmé, elle fit éclater des regrets que je pris soin de calmer. J'eus avant le dîner tout le temps, de lui prouver mon amour, et d'éprouver sa tendresse que rien ne contraignoit plus. Notre dîner, servi par un tour, étoit simple, mais excellent : on me traitoit en directeur chéri. Nous repassâmes dans le lieu de nos plaisirs, pour en goûter de nouveaux. L'heure où finit l'office, nous obligea de nous séparer ; mais nous nous retrouvâmes souvent avec les mêmes précautions. La nouveauté de cette aventure avoit mille charmes pour moi. Rien ne ressembloit dans celle-ci à tout ce que je connoissois. Les valets d'une dévote ne sont point dans sa confidence ; ils sont modestes et sages, et n'ont aucune des insolences que leur donne ordinairement le secret de leur maîtresse. Madame de Gremonville, quoique vive dans ses caresses, paroissoit modérée dans les plaisirs, et sembloit n'avoir d'autre intérêt que ma satisfaction, sans jamais envisager la sienne. Une dévote emploie pour son amant tous les termes tendres et onctueux du dictionnaire de la dévotion la plus affectueuse et la plus vive. La critique du monde que madame de Gremonville faisoit avec esprit, étoit toujours un éloge indirect d'elle-même ; elle vantoit les charmes du mystère et les plus grandes voluptés, qu'elle ne présentoit que sous le nom de commodités.

Notre commerce dura six mois, sans que jamais il ait fait le moindre bruit ; mais bientôt j'aperçus du refroidissement et de la contrainte dans les procédés de madame de Gremonville ; elle me fit voir des scrupules, et, comme ils ne pouvoient plus naître de la vertu, je les regardai comme des symptômes d'inconstance. J'ai toujours imaginé qu'une jalousie de directeur, causée par quelqu'objet d'intérêt, avoit troublé notre commerce. Les rendez-vous devinrent plus rares, les difficultés de se voir augmentèrent chaque jour ; elle me déclara enfin qu'elle ne vouloit plus vivre dans un commerce aussi criminel. J'eus beau la presser, son parti étoit pris, et je fus oblige de m'y soumettre. Je rendis la seule lettre que j'avois ; on ne m'en laissoit jamais qu'une, encore ne disoit-elle rien de positif. Quoi qu'il en soit, notre affaire finit sans aucun éclat. Je fus piqué de me voir quitter ; cependant madame de Gremonville n'eut aucun reproche à me faire. J'observai tout ce qu'elle m'avoit recommandé ; je la vis même quelque temps chez elle pour la ménager ; mais sans remarquer la moindre envie de renouer, ni le moindre souvenir du passé : ses procédés, en un mot, me parurent plus fiers que ceux d'aucune autre femme. Elle n'eut aucun des ménagemens ordinaires aux femmes dans de pareilles circonstances ; il falloit qu'elle comptât beaucoup sur ma probité, et elle me rendoit justice.

La retraite dans laquelle j'avois vécu avec madame de Gremonville, m'avoit fait perdre de vue tous mes amis et les différentes sociétés où j'étois lié auparavant. Je me trouvois donc assez isolé. Je résolus bien de ne plus tomber dans un pareil inconvénient, et de faire assez de maîtresses pour en avoir dans tous les états, et n'être jamais sans affaire, si j'en quittois ou en perdois quel qu'une.

J'étois dans ces dispositions, lorsqu'il m'arriva une discussion avec M. de***, conseiller au parlement, pour des droits de terre. Comme j'ai toujours eu une aversion et une incapacité naturelles pour les procès, et que le moyen de les éviter n'est pas toujours de s'en rapporter à ses gens d'affaires, j'allai trouver M. de ***. C'étoit un homme fort raisonnable ; d'ailleurs un des grands avantages que les gens de robe retirent de leur profession, est d'apprendre, aux dépens des autres, à fuir les procès ; ainsi nous terminâmes nous-mêmes notre différent à l'amiable, et je restai de ses amis. La première marque que je lui en donnai, fut de tâcher de séduire sa femme qui étoit assez jolie, et j'y réussis. Il fallut alors me plier à des mœurs nouvelles, et qui m'étoient absolument étrangères.

La hauteur de la robe est fondée, comme la religion, sur les anciens usages, la tradition et les livres écrits. La robe a une vanité qui la sépare du reste du monde ; tout ce qui l'environne la blesse. Elle a toujours été inférieure à la haute noblesse ; c'est de là que plusieurs sots et gens obscurs, qui n'auroient pas pu être admis dans la magistrature, prennent droit d'oser la mépriser aussitôt qu'ils portent une épée ; c'est le tic commun du militaire de la plus basse naissance. Cela n'empêche pas qu'il n'y ait dans la robe plusieurs familles qui feroient honneur à quantité de ceux qui se donnent pour gens de condition. Il est vrai qu'on y distingue deux classes : l'ancienne qui a des illustrations, et qui tient aux premières maisons du royaume, et celle de nouvelle date, qui a le plus de morgue et d'arrogance.

La robe se regarde avec raison au-dessus de la finance, qui l'emporte par l'opulence et le brillant, et qui devient à son tour la source de la seconde classe de robe. Le peuple a pour les magistrats une sorte de respect dont le principe n'est pas bien éclairci dans sa tête ; il les regarde comme ses protecteurs, quoiqu'ils ne soient que ses juges.

La plupart des gens de robe sont réduits à vivre entr'eux, et leur commerce entretient leur orgueil. Ils ne cessent de déclamer contre les gens de la cour qu'ils affectent de mépriser, quoiqu'ils vous étourdissent sans cesse du nom de ceux à qui ils ont l'honneur d'appartenir. Il ne meurt pas un homme titré, que la moitié de la robe n'en porte le deuil : c'est un devoir qu'elle remplit au centième degré ; mais il est rare qu'un magistrat porte celui de son cousin l'avocat. Les sollicitations ne les flattent pas tous également ; les sots y sont extrêmement sensibles, les meilleurs juges et les plus sensés s'en trouvent importunés, et, pour l'ordinaire, elles sont assez inutiles. En général, la robe s'estime trop, et l'on ne l'estime pas assez.

Les femmes de robe qui ne vivent qu'avec celles de leur état, n'ont aucun usage du monde, ou le peu qu'elles en ont est faux. Le cérémonial fait leur unique occupation ; la haine et l'envie, leur seule dissipation.

Madame de *** avoit été élevée dans les principes des avantages de la robe, et son mari, fort attaché à ses devoirs, avoit grand soin de les lui répéter tous les jours. Sa jeunesse et une espèce de goût qu'elle prit pour moi m'arrêtèrent pendant quelque temps ; mais la platitude de la compagnie, les plaisanteries de la robe, qui tiennent toujours du collège, la pédanterie de ses usages, et la triste règle de la maison me la rendirent bientôt insupportable. Je vis bien que je devois songer à m'amuser ailleurs, et garder madame de *** pour mes heures perdues.

Je commençai à me rendre à la société dont madame de Gremonville m'avoit éloigné. Aussitôt que je fus rentré dans le monde, je fus prié à tous les soupers connus. Paris est le centre de la dissipation, et les gens les plus oisifs par goût et par état y sont peut-être les plus occupés ; ainsi je n'étois embarrassé que sur le choix des soupers qui m'étoient proposés chaque jour. Je ne les trouvois pas toujours aussi agréables qu'ils avoient la réputation de l'être ; mais je m'y amusois quelquefois. Après avoir examiné les maisons qui pouvoient me convenir davantage, je préférai celle de madame de Gerville. J'y allois plus souvent que dans aucune autre, parce que la compagnie y étoit mieux choisie, et que le jeu y étoit fort rare ; on n'en faisoit jamais une occupation ni un amusement intéressé.

Je m'y trouvai un jour à souper avec madame d'Albi. Elle me toucha moins par sa figure, qui étoit ordinaire sans être commune, que par les grâces et la vivacité de son esprit, la singularité de ses idées et celle de ses expressions qui, sans être précieuses, étoient neuves. Je jugeai que personne n'étoit plus propre que madame d'Albi à me guérir de l'ennui que me causoit le commerce de madame de ***. Le hasard m'ayant placé à table auprès d'elle, la conversation, qui étoit d'abord générale, devint particulière entre elle et moi ; nous oubliâmes parfaitement le reste de la compagnie, et en fûmes bientôt à parler bas.

Madame d'Albi m'accorda la permission d'aller chez elle, et j'en profitai dès le lendemain. Dans les premiers jours de notre connoissance, notre vivacité réciproque nous fit croire que nous nous convenions parfaitement, et nous vécûmes bientôt conformément à cette idée ; mais je ne fus pas long-temps sans m'apercevoir de l'humeur la plus inégale et la plus capricieuse. Jamais elle ne pensoit deux jours de suite d'une façon uniforme, une chose lui déplaisoit aujourd'hui par l'unique raison qu'elle lui avoit plu le jour précédent. Son esprit, qui changeoit à chaque instant d'objet, lui fournissoit aussi les raisons les plus spécieuses et les plus persuasives, pour justifier son changement : quand elle parloit, elle cessoit d'avoir tort. Quelque sentiment qu'elle défendît, on étoit obligé de l'adopter, tant on étoit frappé de la sagacité de son esprit, du feu de ses idées et du brillant de ses expressions. On auroit imaginé qu'elle ne devoit jamais s'écarter de la raison, si l'on avoit pu oublier que son sentiment actuel étoit toujours la contradiction du précédent.

Ce qu'il y avoit de plus fâcheux pour moi, c'est que son cœur étoit toujours asservi à son esprit, dont il suivoit la bizarrerie et les écarts. Quelquefois elle m'accablait de caresses, et le moment d'après j'étois l'objet de ses mépris. Triste, gaie, étourdie, sérieuse, libre, réservée, madame d'Albi réunissoit en elle tous les caractères ; et celui qu'elle éprouvoit étoit toujours si marqué, qu'il eût paru être le sien propre à ceux qui ne l'auroient vue que dans cet instant. Un jour elle me chargea de lui trouver une petite maison, pour nous voir, disoit-elle, avec plus de liberté.

Le premier usage de ces maisons particulières, appelées communément petites maisons, s'introduisit à Paris par des amans qui étoient obligés de garder des mesures, et d'observer le mystère pour se voir, et par ceux qui vouloient avoir un asile pour faire des parties de débauche qu'ils auroient craint de faire dans des maisons publiques et dangereuses, et qu'ils auroient rougi de faire chez eux.

Telle fut l'origine des petites maisons qui se multiplièrent dans la suite, et cessèrent d'être des asiles pour le mystère. On les eut d'abord pour dérober ses affaires au public ; mais bientôt plusieurs ne les prirent que pour faire croire celles qu'ils n'avoient pas. On ne les passoit même qu'à des gens d'un rang supérieur : cela fit encore que plusieurs en prirent par air. Elles sont enfin devenues si communes et si publiques, qu'il y a des extrémités de faubourgs qui y sont absolument consacrées. On sait tous ceux qui les ont occupées ; les maîtres en sont connus, et ils y mettront bientôt leur marbre. Il est vrai que, depuis qu'elles ont cessé d'être secrètes, elles ont cessé d'être indécentes ; mais aussi elles ont cessé d'être nécessaires. Une petite maison n'est aujourd'hui pour bien des gens qu'un faux air, et un lieu où, pour paroître chercher le plaisir, ils vont s'ennuyer secrètement un peu plus qu'ils ne feroient en restant tout uniment chez eux. Il me semble que ceux qui ont imaginé les petites maisons, n'ont guère connu le cœur. Elles sont la perte de la galanterie, le tombeau de l'amour, et peut-être même celui des plaisirs.

Nous croyions, madame d'Albi et moi, faire un meilleur usage de celle que nous cherchions. J'eus soin de la choisir dans un quartier perdu, et où nous ne pouvions être connus de qui que ce fût. Je ne saurois peindre le plaisir et la vivacité avec lesquels madame d'Albi vint prendre possession de notre retraite. Elle la trouvoit préférable à tous les palais. Nous y soupâmes et y passâmes la nuit la plus délicieuse. Nous ne sentîmes, en sortant, que l'impatience d'y revenir. Nous convînmes que ce seroit dans deux jours. Heureusement qu'avant d'aller l'y attendre, je passai chez elle. Je la trouvai seule ; mais, au lieu de l'empressement que j'attendois de sa part, elle me reçut avec mépris, et me dit qu'elle étoit fort surprise, qu'au lieu de chercher à lui faire oublier l'outrage que je lui avois fait en la conduisant dans une petite maison, j'osasse encore le lui proposer. J'eus beau lui représenter que c'étoit par ses ordres que j'avois pris cette maison, les précautions que j'y avois apportées, et le secret avec lequel nous nous y étions vus ; elle me répliqua que, si j'avois été jaloux de sa gloire, je l'aurois détournée d'une pareille idée ; qu'une femme raisonnable, pour peu qu'elle ait soin de sa réputation, ne devoit jamais se trouver dans ces sortes d'endroits, et que les parties les plus secrètes sont les plus malignement interprétées, lorsqu'on vient à les découvrir : enfin il n'y eut point de reproches que je n'essuyasse à ce sujet.

C'étoit ainsi que je passois ma vie avec madame d'Albi ; il sembloit qu'elle eût dix âmes différentes, dont il y en avoit neuf qui faisoient mon supplice. J'étois toujours prêt à la quitter dans ces momens d'orage qui étoient fort fréquens ; mais sa figure, son esprit, et un caprice plus favorable de sa part, me ramenoient bientôt vers elle. Cependant la tête m'auroit infailliblement tourné, si, pour adoucir la rigueur de ma situation, je n'eusse trouvé une femme qui, sans raffiner sur le plaisir, s'y livroit naïvement, et s'inspiroit de même.

C'étoit une riche marchande de la rue St.-Honoré, qui se nommoit madame Pichon. J'eus occasion de la connoître, parce que M. Pichon venoit de faire l'habillement de mon régiment. Les marchands de Paris sont flattés de donner des repas aux officiers des régimens qu'ils fournissent ; je me rendis aux instances de M. Pichon, qui voulut absolument me donner à souper. Je m'y étois engagé par complaisance, comptant m'y ennuyer, et je m'y amusai beaucoup. Je fis connoissance avec madame Pichon ; elle étoit jeune et jolie, vive et même un peu brusque, et ce qu'on appelle dans le bourgeois une bonne grosse maman. On la vouloit avoir dans tous les repas qui se donnoient dans son quartier ; elle chantoit, elle sgaçoit, elle avoit la repartie prompte, plus libre que délicate, et le plus long souper n'altéroit en aucune façon sa raison. J'imaginai que le nôtre ne s'étoit poussé fort avant dans la nuit qu'en ma considération ; la suite me fit voir que c'étoit l'ordinaire de la maison. J'eus envie d'avoir madame Pichon ; et, pour y parvenir, je fus obligé de me soumettre à ses parties, et de me livrer à sa société. Madame Pichon étoit portée à une hauteur naturelle à toutes les femmes, et qui se manifeste suivant leurs différens états. Elle me dit que c'eût été la mépriser que de se cacher de l'avoir, et qu'elle étoit assez jolie pour être aimée ; que, si cela ne me convenoit pas, elle s'étoit bien passée jusqu'ici d'un homme de condition, et qu'elle vouloit avoir son amant dans l'arrière de sa boutique, à sa campagne et chez ses amies ; qu'elle n'avoit enfin à rendre compte de sa conduite à personne qu'à son mari, à qui elle n'en rendoit point. Il fallut donc que je fusse de toutes ses parties de ville et de campagne, et que j'eusse encore l'attention d'en dérober la connoissance à madame d'Albi, dont la fierté eût été extrêmement offensée de la rivalité, et qui ne me l'eût jamais pardonnée.

Quelque nouvelle que fût pour moi la société de madame Pichon, j'en faisois quelquefois la comparaison avec celles où j'avois vécu, et je fus bientôt convaincu que le monde ne diffère que par l'extérieur, et que tout se ressemble au fond. Les tracasseries, les ruptures et les manèges sont les mêmes.

J'ai remarqué aussi que les marchands qui s'enrichissent par le commerce, se perdent par la vanité. Les fortunes que certaines familles ont faites, les portent à ne point élever leurs enfans pour le commerce. De bons citoyens et d'excellens bourgeois, ils deviennent de plats anoblis. Ils aiment à citer les gens de condition, et font sur leur compte des histoires qui n'ont pas le sens commun. Leurs femmes, qui n'ont pas moins d'envie de paroître instruites, estropient les noms, confondent les histoires, et portent des jugemens véritablement comiques pour un homme instruit. Ces mêmes femmes, croyant imiter celles du monde, et pour n'avoir pas l'air emprunté, disent les mots les plus libres, quand elles sont dans la liberté d'un souper de douze ou quinze personnes. D'ailleurs elles sont solides dans leurs dépenses, elles boivent et mangent par état ; l'occupation de la semaine leur impose la nécessité de rire et d'avoir les jours de fêtes une joie bruyante, éveillée et entretenue par les plus grosses plaisanteries.

Il m'eût été impossible de soutenir ce genre de vie : mon départ pour mon régiment me donna les moyens honnêtes de quitter la bonne madame Pichon. Elle me parut touchée de mon départ ; et je me crus obligé de lui conseiller de ne jamais prendre d'homme du monde. Je lui représentai les avantages et les commodités de vivre avec un homme de son état, qu'elle choisiroit à son gré. Elle me remercia de mes conseils, et convint d'en avoir fait quelquefois la réflexion. Elle me fit promettre, pour la ménager dans son quartier, de la venir voir à mon retour, et je n'y manquai pas. D'ailleurs toutes les femmes avec qui j'ai eu quelqu'intimité, m'ont toujours été chères, et je ne les ai jamais retrouvées sans ressentir un secret plaisir. J'ai mis à profit pour le monde la société de madame Pichon ; je l'ai toujours comparée à une excellente parodie qui jette un ridicule sur une pièce qui a séduit par un faux brillant.

À mon retour du régiment, je comptois bien nouer quelqu'intrigue nouvelle, et quitter décemment madame d'Albi, dont je ne voulois plus essuyer les caprices. J'ignore si elle avoit prévu mes arrangemens ; mais elle m'avoit donné un successeur pendant mon absence. Je fus piqué d'avoir été prévenu. Quoique je ne sentisse plus de goût pour elle, et que je fusse déterminé à rompre, je ne l'aurois fait qu'avec les ménagemens que j'ai toujours eus pour les femmes ; mais je crus devoir me venger. Je ne négligeai rien pour renouer, bien résolu de la quitter après avec éclat. J'allai la trouver ; elle venoit d'avoir avec son nouvel amant un de ces caprices que je lui connoissois : il étoit sorti piqué ; la circonstance étoit favorable ; elle me reçut au mieux, et nous soupâmes ensemble. Le lendemain je la menai à l'opéra en grande loge, et trois jours après je la quittai authentiquement. Elle en eut un dépit qu'elle ne m'a jamais pardonné, et que je lui pardonne volontiers ; je me suis même reproché ce procédé que je n'aurois pas eu, si je n'eusse été emporté par un mouvement de fatuité. Je n'eus pas plutôt terminé cette affaire-là que je songeai à d'autres.

Un jeune homme à la mode, car j'en avois déjà la réputation, se croiroit déshonoré s'il demeuroit quinze jours sans intrigue, et sans voir le public occupé de lui. Pour ne pas rester oisif, et conserver ma réputation, j'attaquai dix femmes à la fois ; j'écrivis à toutes celles dont les noms me revinrent dans la mémoire. Cette façon de commencer une intrigue doit paroître ridicule à tous les gens sensés ; c'est cependant une de celles qui réussissent le mieux aux jeunes gens à la mode. La plupart de leurs lettres sont mal reçues ; mais de vingt, qu'il y en ait une qui fasse fortune, on n'a pas perdu son temps ; cela suffit avec le courant pour entretenir commerce. La comtesse de Vignolles étoit une de celles à qui j'avois écrit. Je ne la connoissois que de vue ; mais sa coquetterie, ou plutôt son libertinage, étoit si bien établi, qu'elle ne fut point étonnée de ma déclaration. Comme le hasard faisoit qu'elle n'avoit point alors d'amant en titre, elle ne balança pas à me faire une réponse favorable. Je crus qu'il ne me convenoit pas de lui rendre des soins, qu'en effet elle ne méritoit guère ; je me contentai de lui envoyer l'adresse de ma petite maison, en l'avertissant que je l'y attendrois le lendemain à souper. Elle ne manqua pas de s'y rendre, comme je l'avois prévu. Elle avoit tellement secoué les préjugés de bienséance, qu'elle ne me donna pas la peine de jouer l'homme amoureux. Nous soupâmes avec plus de gaîté, que si nous eussions eu un véritable amour l'un pour l'autre. Son cœur n'avoit aucune part à la démarche qu'elle faisoit ; ainsi son esprit et sa gaîté parurent en pleine liberté.

Madame de Vignolles possédoit éminemment le talent de donner des ridicules, et nous fîmes une ample critique de toutes les personnes de notre connoissance. Quand il fut question du principal objet qui conduit dans une petite maison, au défaut de l'amour, nous en goûtâmes les plaisirs, et nous nous séparâmes fort contens l'un de l'autre. L'imagination vive, et même déréglée, de madame de Vignolles m'amusoit, et sa personne m'étoit agréable. Après cinq ou six soupers, j'étois près d'en devenir amoureux, lorsque je m'aperçus que j'étois l'amant qu'elle avouoit en public, et que le jeune comte de Varennes étoit celui qu'elle préféroit en secret. Je voulus faire l'amant jaloux, éclater en reproches ; madame de Vignolles n'y répondit qu'en plaisantant. Quoi ! me dit-elle, la façon dont nous nous sommes pris, a-t-elle dû vous faire imaginer que j'aurois une fidélité à toute épreuve pour un homme qui n'a pas même pris la peine de me faire croire qu'il m'aimoit ? Nous nous convenions tous deux ; nous n'avions personne ni l'un ni l'autre ; voilà les motifs qui vous ont déterminé à me choisir : j'avoue que ce sont ceux que j'ai eus en vous acceptant si facilement. Cet aveu singulier me surprit, et bientôt me calma. Le sentiment n'étoit point outragé ; l'amour-propre seul étoit blessé ; ainsi je me déterminai à prendre cette aventure légèrement. Je lui fis seulement promettre, pour la forme, de me sacrifier Varennes ; mais, loin de me tenir parole, elle lui associa un jeune homme de robe, sans compter les passades qu'elle regardoit comme choses qui ne tiroient pas à conséquence. L'aventure de Varennes avoit éteint l'espèce d'amour naissant que je sentois pour madame de Vignolles : les autres achevèrent de me la faire mépriser. Cependant, comme elle étoit devenue nécessaire à mon amusement, je n'aurois pu me résoudre à la quitter, s'il m'avoit été possible de ne la voir qu'en secret ; mais c'étoit précisément ce qu'elle ne prétendoit pas, parce que j'étois l'amant de représentation.

Il ne se passoit guère de jour que je n'entendisse raconter quelques-unes de ses aventures, ou rapporter le détail de quelque nouveau ridicule qu'elle s'étoit donné. L'esprit seul n'en a jamais garanti ; celui de madame de Vignolles ne lui servoit qu'à s'en faire accabler. J'avois, outre cela, la mortification de voir qu'aucune femme ne vouloit aller avec elle. Celles mêmes qui avoient un amant déclaré, croyoient satisfaire le public en la méprisant, au point de refuser jusqu'aux parties de spectacles qu'elle leur proposoit ; ainsi, elle se trouvoit réduite à n'aller que dans les maisons ouvertes, où elle vouloit absolument que je la suivisse. On partage le ridicule de ce qu'on aime ; j'avois beau en parler légèrement tout le premier, on regardoit mes discours comme un nouveau genre de fatuité, et l'on s'obstinait à me croire amoureux, pour avoir le plaisir de m'associer aux ridicules de madame de Vignolles. Il faut non-seulement se marier au goût du public, mais encore prendre une maîtresse qui lui convienne, et mon attachement pour madame de Vignolles étoit généralement blâmé. Mon amour-propre eut tant à souffrir pendant trois mois que je vécus avec elle, que je me déterminai enfin à rompre entièrement. Il m'en coûta, je l'avoue ; je trouvois à la fois dans madame de Vignolles, la commodité et les agrémens que l'on rencontre avec une fille de l'opéra, et le ton et l'esprit d'une femme du monde. Vive, libertine, emportée, sérieuse, raisonnable, avec beaucoup d'esprit et d'agréments, elle réunissoit toutes les qualités qui peuvent séduire et amuser : heureusement que le mépris où elle étoit, donnoit des armes contre elle ; ce fut ce mépris qui me détermina à finir un commerce qui me paroissoit honteux pour moi. Madame de Vignolles fut désespérée de me perdre. Elle n'épargna rien pour me ramener ; mais mon parti étoit pris ; j'étois résolu d'immoler mon plaisir à l'opinion et aux caprices du public ; je résistai aux larmes que le dépit lui arrachoit, et je la quittai aussi malhonnêtement que je l'avois prise.

C'est l'usage parmi les amans de profession, d'éviter de rompre totalement avec celles qu'on cesse d'aimer. On en prend de nouvelles, et on tâche de conserver les anciennes ; mais on doit sur-tout songer à augmenter la liste. J'étois trop enivré des erreurs du bon air, pour avoir négligé un point aussi essentiel ; ainsi j'avois toujours quelque ancienne maîtresse qui me recevoit sans façon, lorsque je me trouvois sans affaire réglée. Ces femmes de réserve sont de celles que l'on a sans soins, qu'on perd sans se brouiller, et qui ne méritent pas d'article séparé dans ces mémoires.

Comme je n'avois quitté madame de Vignolles que pour satisfaire à l'opinion publique, je songeai à la remplacer dignement, pour me réconcilier avec le public, et mon choix tomba sur madame de Lery. Elle n'avoit d'autre beauté que des yeux pleins d'esprit et de feu ; mais elle passoit pour sage, et l'étoit en effet avec un fonds de coquetterie inépuisable.

Je la trouvai au bal de l'opéra, qui étoit alors dans sa nouveauté, et peut-être le plus sage établissement de police qui se soit fait dans la régence, parce qu'il fit cesser les assemblées particulières, où il arrivoit souvent du désordre. Je liai conversation avec elle ; et, profitant de la liberté du bal, je lui offris mon hommage. Elle le reçut avec une facilité qui me fit croire que mon commerce seroit bientôt établi, et que je serois l'écueil de sa sagesse ; mais je n'en fus pas plus avancé. Madame de Lery avoit trente amans qui l'assiégeoient ; elle les amusoit tous également, et n'en favorisoit aucun. J'allois tous les jours chez elle ; chaque jour elle me plaisoit davantage ; et mes affaires n'en avançoient pas plus. Comme je m'aperçus bientôt du manège et de la coquetterie de madame de Lery, je ne voulus pas perdre mon temps avec elle, et je songeois à l'employer plus utilement ailleurs ; mais elle savoit conserver ses amans avec autant d'art qu'elle avoit de facilité à les engager. Elle ne vit pas plutôt que j'étois près de lui échapper, qu'elle employa toutes les marques de préférence pour me retenir. Je crus toucher au moment d'être heureux, et je me rengageai de nouveau. Le succès fut bien différent de ce que j'espérais.

Nous nous trouvions toujours chez madame de Lery une demi-douzaine d'amans, et ce n'étoit pas le quart des prétendans. Elle étoit vive, parlant avec facilité et agrément, extrêmement amusante, et par conséquent médisante. Elle plaisantoit assez volontiers tous ceux qui l'entouroient ; mais elle déchiroit impitoyablement les absens, et les chargeoit de ridicules d'autant plus cruels, qu'ils étoient plus plaisans. Il est rare que les absens trouvent des défenseurs, et l'on n'applaudit que trop lâchement aux propos étourdis d'une jolie femme. J'ai toujours été assez réservé sur cette matière ; mais l'homme le plus en garde n'est jamais parfaitement innocent à cet égard. Un jour que madame de Lery tournoit en ridicule le comte de Longchamp en son absence, je me prêtai à la plaisanterie, sans rien dire de fort offensant pour lui. Comme elle ne l'aimoit point, elle n'eut rien de plus pressé que de recommencer devant lui la même plaisanterie, et de donner à ce que j'avois dit les couleurs les plus malignes. Il en fut piqué, et ne le dissimula pas. J'étois absent, et madame de Lery, voulant ou feignant de s'excuser, me cita pour avoir tenu les propos en question. Le comte de Longchamp, animé peut-être par un peu de rivalité, sans entrer en explication, me témoigna son ressentiment ; j'y répondis comme je le devois, et lui promis satisfaction. Nous nous trouvâmes à minuit dans la place des Victoires ; nous mîmes l'épée à la main, et je n'eus que trop l'honneur de cette affaire, car le comte de Longchamp tomba percé de deux coups d'épée. Le clair de lune qui nous rendoit aisés à reconnoître, mon nom qu'il avoit prononcé dans la chaleur du combat, et sa mort, qui arriva le lendemain, m'obligèrent à m'éloigner, pour laisser à mes amis le soin d'accommoder cette affaire. Rien n'approche du dépit que j'éprouvai d'être engagé dans une aussi malheureuse affaire pour la seule femme dont je n'avois rien obtenu.

Je sortis de Paris, bien convaincu que la coquette la plus sage est quelquefois plus dangereuse dans la société que la femme la plus perdue. Je me rendis d'abord à Calais, où étoit mon régiment, et, après y avoir arrangé quelques affaires, je passai en Angleterre.

Le vrai mérite des Anglois, avec leur juste critique, seroit la matière d'un ouvrage qui pourroit être agréable et singulier ; pour moi, qui ne parle que des femmes, je continuerai le récit de mes aventures avec elles.

Le duc de Sommerset, que j'avois connu à Paris, me présenta au roi. Ce prince me reçut avec sa bonté naturelle ; j'eus même l'honneur de souper avec lui chez madame de Candale, sa maîtresse. J'allai quelquefois au triste cercle de la cour ; je fus prié à dîner chez toutes les personnes de marque, et je fus fort étonné de voir la maîtresse de la maison et toutes les femmes sortir de table au fruit. Je demeurois avec les hommes à toster, et entendre parler politique. Je fus admis aux conversations des dames, et reçu dans les cabarets avec les hommes. Je me prêtai d'abord aux mœurs angloises ; j'appris la langue ; je convins du frivole dont on nous accuse, et je réussis assez pour un François.

Les plaisirs des Anglois, en général, sont tournés du côté d'une débauche qui a peu d'agrément, et leur plaisanterie ne nous paroîtroit pas légère. Les femmes ne sont pas, comme en France, le principal objet de l'attention des hommes, et l'âme de la société.

Je fis connoissance avec milady B***. Elle étoit parfaitement bien faite, et sa fierté, jointe à un grand air de dédain, après m'avoir révolté, me piqua. Je sentis qu'il falloit se conduire avec art, et cacher mes véritables sentimens à une femme d'un tel caractère. Je commençai par chercher à mériter sa conversation, en retranchant les bagatelles qui sont nécessaires auprès de nos Francoises. Je cherchai la simple expression du sentiment ; je lui donnai un air dogmatique, et bientôt milady B*** prit plaisir à s'entretenir avec moi. La première faveur qu'elle m'accorda, fut celle de me parler françois, ce qu'elle n'avoit pas encore voulu faire ; mais elle n'en conserva pas moins son air froid et imposant. Je ne lui marquois point d'empressements ; je sentois qu'ils ne convenoient pas, surtout ne la voyant jamais en particulier. Je passai plus de trois mois sans retirer d'autre fruit de mes soins que celui d'être souffert, et de ne point voir de rival. Je n'osois lui témoigner combien l'indifférence avec laquelle elle me voyoit arriver ou sortir des endroits où je la rencontrais, m'étoit insupportable ; je n'avois pas encore acquis le droit de me plaindre. J'étois enfin au moment de tout abandonner, quand un de mes gens vint me dire un matin qu'un cocher de place demandoit à me parler. Ce cocher me dit qu'une femme m'attendoit dans son carrosse, à la porte de St.-James. Je m'y rendis, ne comprenant pas quelle affaire pouvoit m'attirer un pareil rendez vous ; mais quelle fut ma surprise, en ouvrant la portière, de trouver milady B*** cachée dans ses coiffes, qui m'ordonna de monter : je lui obéis. Elle dit au cocher de nous conduire dans l'endroit qu'elle lui avoit indiqué. Je voulus lui parler, elle m'imposa silence, et nous arrivâmes dans la Cité, où nous entrâmes par une petite porte dans une maison dont l'extérieur étoit fort simple. Nous passâmes dans un appartement magnifique, dont elle avoit la clef. Je lui témoignai ma vive reconnoissance, et je vis qu'elle en recevroit toutes les marques que l'amour peut en donner. Vous devez sans doute être étonné, me dit-elle, de la démarche que je fais aujourd'hui ? Je voudrais, lui répondis-je, la devoir à l'amour. Soyez content, me dit-elle, je vous aime depuis long-temps. Vous m'aimez, repris-je avec vivacité ! comment ne m'en avez-vous rien témoigné ? Que vous m'avez fait souffrir ! Ne parlons point du passé, reprit-elle ; j'ai examiné votre conduite ; je me suis dit à moi-même plus que vous ne m'auriez osé dire : vous devez en être convaincu par la démarche que je fais. Ma fortune et ma vie sont entre vos mains. Je profitai d'un aveu si favorable, et je trouvai cette beauté, qui m'avoit paru si froide et si fière en public, si vive et si emportée dans le tête à tête, que j'avois peine à me persuader mon bonheur. Nous nous séparâmes, après toutes les protestations de fidélité, telles que des amis sincères les peuvent prononcer, c'est-à-dire, dégagées de tout le langage froid et puéril de la galanterie. Ne vous attendez pas, me dit-elle, que je vous donne jamais en public le moindre témoignage de tout ce que vous m'avez inspiré. Si vous voulez continuer à me plaire, soyez aussi réservé dans le monde que s'il ne s'étoit rien passé entre nous. J'en jugerai ce soir, ajouta-t-elle, au cercle où je compte vous voir, et ne pas même vous regarder. Laissez donc agir mes sentimens que rien ne peut changer. C'est à moi de vous instruire des jours où je pourrai vous voir, soit ici, soit ailleurs. Je me charge de vous écrire et de vous faire rendre mes lettres ; vous n'aurez que des réponses à me faire.

Nous vécûmes quelque temps sans la moindre altération dans notre commerce ; mais la jalousie vint le troubler. Une Françoise de mes parentes fut attirée à Londres pour quelques affaires ; elle devint pour milady un sujet de jalousie, dont l'effet mérite d'être rapporté.

Elle ne me fit aucun reproche ; je remarquai seulement en elle un air plus sombre et plus farouche. Loin de chercher à me ramener par des reproches, ou par une plus grande vivacité, ou par des ridicules jetés sur l'objet qui lui déplaisoit, elle évita même de le nommer. Pour moi, qui n'avois rien à me reprocher, et qui ignorois les soupçons de milady, j'étois tranquille, lorsque j'en reçus un billet dont le sens étoit : Que transportée de dépit et de fureur sur ma perfidie, elle se sentoit au moment de se donner la mort, après m'avoir arraché la vie. Ce billet me fit frémir pour elle ; je savois le mépris que les Anglois font de la mort, par les exemples fréquens de ceux qui se la donnent. J'écrivis sur-le-champ à milady pour lui demander un rendez-vous. Ma lettre portoit un caractère de candeur, de simplicité et d'innocence. Je l'aimois et j'étois incapable de lui manquer ; et, quoique ce commerce ne paroisse pas séduisant, la sincérité en fait pardonner la dureté, et un amant est flatté d'inspirer des sentimens aussi déterminés. Milady m'accorda ce rendez-vous, et j'achevai de la détromper ; mais son âme avoit éprouvé des agitations dont elle ressentoit toujours l'impression : son amour et sa fierté avoient été trop frappés des seules alarmes qu'ils avoient ressenties. Je voyois qu'elle étoit agitée. Ce n'étoit pas une femme à laquelle on pût faire dire ce qu'elle n'avoit pas résolu. Je prévoyois un orage ; mais je ne m'attendois pas à la façon dont il éclata.

Elle me donna un rendez-vous dans sa maison de la Cité ; je m'y rendis. Après m'avoir témoigné plus d'amour qu'elle n'avoit encore fait : M'aimez-vous véritablement, me dit-elle ? je ne veux point être flattée, parlez-moi avec candeur. Pouvez-vous en douter, lui dis-je ? mon amour fait tout mon bonheur ; mais, ajoutai-je, mon cœur n'est pas satisfait. Je vois que depuis quelque temps vous êtes occupée d'une chose que vous me cachez ; croyez-vous que ma délicatesse n'en soit pas blessée ? ouvrez-moi votre cœur. C'est, reprit-elle, pour vous découvrir le fond de mon âme que j'ai voulu vous parler aujourd'hui. J'ai été jalouse, c'est tout dire pour exprimer ce que j'ai souffert ; et, puisque ce sentiment n'a pu me forcer à vous quitter, je vois que je vous aime pour ma vie. J'ai eu tort dans cette occasion ; je ne veux plus être exposée à l'avoir. Vous êtes porté à la galanterie ; vous serez aimé, et bientôt vous me serez infidèle. Je veux vous posséder seule sans la crainte de vous perdre. Londres m'est odieux, je n'y serois pas tranquille : voyez si vous voulez me suivre, et venir au bout de l'univers. J'y suis résolue ; si vous me refusez, votre amour est foible, et votre cœur n'est pas digne de moi.

Ce projet m'étonna ; mais, ne voulant pas m'opposer avec trop de vivacité à son sentiment, je lui représentai les engagemens qu'elle avoit avec son mari, l'éclat que feroit son départ. J'ajoutai que ma fortune ne me permettoit pas de l'exposer dans un pays où je n'avois aucune ressource. Elle m'écouta sans m'interrompre ; et, quand j'eus cessé de parler : J'ai tout prévu, répliqua-t-elle ; les engagemens que j'ai avec mon mari ne sont à mes yeux qu'une convention civile. Je n'ai point d'enfans ; j'ai fait la fortune de mon mari par les biens que je lui ai apportés, et que je lui laisse ; mais je suis maîtresse de vendre des habitations considérables que j'ai à la Jamaïque. C'est-là que nous irons d'abord. Nous porterons les fonds que nous en aurons retirés dans les lieux qui vous plairont le plus ; les nations me sont égales ; celle que vous choisirez deviendra ma patrie. Je ne vis que pour vous ; l'éclat de mon départ m'intéresse peu ; mais, parlez moi vous-même avec sincérité, regretteriez-vous votre pays ? Un tel attachement seroit bien éloigné de l'amour et même de la raison. Songez-vous que ce même pays vous a proscrit pour avoir eu des sentimens dont la privation vous eût déshonoré ? Peut-on regretter des hommes dont les idées sont si fausses et si méprisables ? Si vous m'aimez, je dois vous suffire ; l'amour doit détruire tous les préjugés. Mon projet, qui est au-dessus du caractère de vos Françoises, peut vous étonner ; ainsi je n'exige pas votre parole dans ce moment. Je vous donne huit jours pendant lesquels je vous verrai sans vous faire la moindre question sur le parti que je vous propose. En achevant ces mots, elle me quitta, et me laissa dans un trouble et un embarras inexprimables. La probité étoit révoltée du parti que me proposoit milady ; mais l'excès de son amour m'attendrissoit et redoubloit mon attachement pour elle. Je voyois avec douleur que mon refus alloit forcer milady à un éclat affreux pour elle et pour moi. Dans cette situation, j'allai voir l'abbé Dubois, qui depuis a été cardinal, et qui étoit alors chargé à Londres des affaires de France. Il s'aperçut de mon trouble, et me pressa de lui en dire le sujet.

Son caractère, qui le portoit plus à l'intrigue qu'à la négociation, lui avoit fait découvrir mon aventure ; il m'en avoit souvent parlé, et je ne lui avois répondu que ce qu'il est permis à un honnête homme de dire pour faire respecter son goût et prévenir les questions. L'abbé, qui de tous les hommes étoit celui qui avoit la plus mauvaise opinion des femmes, attendu l'espèce de celles avec lesquelles il avoit toujours vécu, n'auroit pas eu grand égard pour milady même ; mais il en avoit pour moi ; c'est pourquoi je m'ouvris à lui dans cette occasion. L'affaire lui parut importante. Tout est parti en Angleterre, et les femmes sont aussi attachées que les hommes à l'un ou à l'autre de ceux qui la divisent ordinairement. Milady étoit tory, et le régent avoit intérêt dans ce moment de les ménager. L'abbé, qui sentit la conséquence d'un éclat causé par un François dans les circonstances présentes de sa négociation, ne négligea rien pour m'engager à repasser promptement en France. Je lui représentai les risques de mon retour sans avoir accommodé mon affaire. Il m'offrit une lettre pour M. le duc d'Orléans, et m'assura que ce prince feroit terminer mon affaire à ma satisfaction. Il ajouta même les menaces, voyant que je balançois à suivre ses conseils ; et les menaces de la politique sont assez communément sérieuses. En un mot, l'abbé me força de partir sans voir milady, et me permit simplement de lui écrire. Je lui écrivis dans les termes les plus passionnés ; je lui marquai le regret que j'avois de la quitter ; je l'assurai que les reproches que j'aurois à me faire en acceptant ses dernières propositions, s'opposoient trop aux sentimens d'un homme d'honneur, et m'obligeoient à partir pénétré de ses bontés, dont je conserverois un souvenir éternel. Mon retour fut heureux ; le régent fut sensible à ma situation, comme l'abbé me l'avoit assuré, et mon affaire fut heureusement et promptement terminée. Peu de jours après mon retour à Paris, je reçus une lettre de milady, où tout ce que l'amour outragé peut inspirer, étoit exprimé. Elle finissoit par me dire un éternel adieu, et j'appris, fort peu de temps après, qu'elle s'étoit elle-même donné la mort. Cette nouvelle me plongea dans la plus vive douleur ; je ne fus plus sensible au plaisir de me retrouver dans ma patrie. Je m'accusai cent fois de barbarie. L'image de l'infortunée milady étoit toujours présente à mon esprit, et même aujourd'hui je ne me la rappelle point sans émotion.

Cependant mes amis n'oublièrent rien pour me tirer de la retraite où je m'obstinais à vivre, et pour dissiper les noires impressions d'une mélancolie dont ils craignoient les suites pour moi. Je me prêtai, d'abord par complaisance, à leurs empressemens et à leurs conseils, et bientôt je m'y livrai par raison. Outre les motifs de chagrin qui m'étoient particuliers, on contracte en Angleterre un air sérieux que l'on porte jusque dans les plaisirs ; le mal m'avoit un peu gagné ; l'air et le commerce de France sont d'excellens remèdes contre cette maladie.

Aussitôt que je me fus rendu à la société, mon goût pour les femmes se réveilla ; mais je fus d'abord assez embarrassé de ma personne. Je retrouvai heureusement quelques-unes de mes anciennes maîtresses assez complaisantes pour moi. Je vis bien qu'on peut compter sur la constance des femmes, quand on n'en exige pas même l'apparence de la fidélité. Cependant une conquête nouvelle m'étoit nécessaire ; et je me trouvois dans un assez grand embarras. Après un an d'absence, c'étoit une espèce de début ; on étoit attentif au choix que j'allois faire : de ce choix seul pouvoient dépendre tous mes succès à venir. Madame de Limeuil me parut d'abord la seule femme digne de mes soins ; mais la réflexion sut réprimer ce premier transport. Elle étoit jeune, elle passoit pour sage, et il falloit qu'elle le fût, car on n'avoit point encore parlé d'elle. L'attaquer et ne pas réussir, c'étoit me perdre ; un homme à la mode ne doit jamais entreprendre que des conquêtes sûres. Tandis que je combattois par ces réflexions judicieuses le goût que je me sentois pour madame de Limeuil, j'entendis parler dans plusieurs maisons de l'esprit, des agrémens, et sur-tout du mérite de madame de Tonins. On citoit sa maison comme la société des gens les plus aimables de Paris : c'étoit une faveur que d'y être admis. Non-seulement les hommes de la meilleure compagnie lui faisoient une cour assidue ; on voyoit même les femmes les plus respectables s'empresser à devenir ses complaisantes. On m'offrit de m'y présenter, et je l'acceptai. Madame de Tonins me reçut poliment. Je la trouvai au milieu d'un cercle de quelques beaux esprits et de gens du monde, donnant le ton et se faisant écouter avec attention. Je trouvai réellement beaucoup de ce qu'on appelle esprit dans le monde à madame de Tonins et à quelques-uns de sa petite cour, c'est-à-dire, beaucoup de facilité à s'exprimer, du brillant et de la légèreté ; mais il me parut qu'ils abusoient de ce dernier talent. La conversation que j'avois interrompue, étoit une espèce de dissertation métaphysique. Pour égayer la matière, madame de Tonins et ses favoris avoient soin de répandre dans leurs discours savans un grand nombre de traits, d'épigrammes, et malheureusement des pointes assez triviales. Ce bizarre mélange m'étonna. J'étois mécontent de moi-même de ne pouvoir m'en amuser. Ils rioient ou applaudissoient tous avec tant d'excès au moindre mot qui se proféroit, que je crus de bonne foi que c'étoit ma faute si je n'admirois pas aussi. Je demandai à madame de Tonins la permission de lui faire souvent ma cour ; elle me l'accorda, et me pria même à souper pour le lendemain.

Madame de Tonins, pour se délivrer de l'importunité des devoirs et se donner une plus grande considération, jouoit la mauvaise santé, et en conséquence sortoit rarement de chez elle. Sa maison étoit le rendez-vous de tous ceux qu'elle avoit admis à l'honneur de lui faire leur cour. Je ne manquai pas de m'y rendre de bonne heure le lendemain. J'y trouvai à peu près la même compagnie que la veille ; les propos furent aussi les mêmes. Au bout d'une heure, je m'aperçus que la conversation languissoit ; je proposai une partie de jeu, moins par goût que par habitude de voir jouer. Madame de Tonins me dit que le jeu étoit absolument banni de chez elle ; qu'il ne convenoit qu'à ceux qui ne savent ni penser ni parler. C'est, ajouta-t-elle, un amusement que l'oisiveté et l'ignorance ont rendu nécessaire. Ce discours étoit fort sensé ; mais malheureusement madame de Tonins et sa société étoient, malgré tout leur esprit, souvent dans le cas d'avoir besoin du jeu, et ils éprouvoient que la nécessite d'avoir toujours de l'esprit, est aussi importune que celle de jouer toujours. Le jeu devint la matière d'une dissertation qui dura jusqu'au souper. Les discours de la table étoient d'une autre nature ; toute dissertation, et même toute conversation suivie en étoient bannies. Il n'étoit, pour ainsi dire, permis de parler que par bons mots. Madame de Tonins et ses adorateurs partirent en même temps : ce fut un torrent de pointes, de saillies bizarres et de rires excessifs. On tiroit l'élixir des moins mauvais ; on renchérissoit sur les plus obscurs. Je cherchois à entendre et à pouvoir dire quelque chose ; mais, lorsque j'avois trouvé un mot, je m'apercevois que la conversation avoit déjà changé d'objet.

Je voulus prier celui qui étoit à côté de moi de me tirer de peine, et de m'aider du moins à entendre ce qu'on disoit. Il me fit, en riant, un discours beaucoup moins intelligible que tous ceux qu'on avoit tenus jusqu'alors. Le rire étonnant qu'il excita, ne servit qu'à me déconcerter, et je fus tenté un moment de le prendre au sérieux ; mais, craignant de me donner un ridicule, je pris le parti de répondre sur un pareil ton, quoique je le trouvasse détestable. Je me livrai à ma vivacité naturelle ; je répliquai, par quelques traits assez plaisans, à ceux qu'on me lançoit ; madame de Tonins y applaudit : chacun suivit son exemple, et je devins le héros de la plaisanterie dont j'étois auparavant la victime. Le souper finit bientôt après. On parla alors de deux romans nouveaux et d'une comédie que l'on jouoit depuis quelques jours ; on me demanda mon avis. Comme j'ai toujours été plus sensible au beau qu'au plaisir de trouver des défauts, je dis naturellement que dans les deux romans j'avois trouvé beaucoup de choses qui m'a voient fait plaisir ; et que la comédie, sans être une bonne pièce, avoit de grandes beautés. Madame de Tonins prit la parole pour faire la critique de ce que je venois de louer. Je voulus défendre mon sentiment, et je cherchai des yeux quelqu'un qui pût être de mon avis. J'ignorais qu'il n'y en avoit jamais qu'un dans cette société. Madame de Tonins, peu accoutumée à la contradiction, soutint son opinion avec aigreur, et la compagnie en chœur applaudissoit sans cesse à tout ce qu'elle disoit. Je pris le parti de me taire, m'apercevant un peu trop tard que le ton de cette petite république étoit de blâmer généralement tout ce qui ne venoit pas d'elle, ou qui n'étoit pas sous sa protection. Je reconnus cette vérité à l'éloge qu'on fit de trois ou quatre ouvrages qui m'a voient paru, ainsi qu'au public, au-dessous du médiocre. Je résolus donc de me conduire à l'avenir en conséquence de cette découverte. Ce qui me rendit encore plus complaisant pour les sentimens de madame de Tonins, furent ceux qu'elle m'inspira. Sans être absolument jeune, elle étoit encore aimable ; d'ailleurs, la considération où elle vivoit, quoiqu'assez peu méritée, étoit ce qui piquoit mon goût. L'opinion nous détermine presqu'aussi souvent que l'amour. Madame de Tonins étoit à la mode, et dès lors elle me paroissoit charmante. Le respect que l'on avoit pour elle, ne laissoit pas de m'imposer, et je fus un peu embarrassé sur ma démarche : je pris enfin mon parti. J'arrivai un jour chez elle de si bonne heure, que je la trouvai seule, et je lui déclarai mes sentimens.

Madame de Tonins ne fut ni offensée, ni embarrassée de ma déclaration. Je n'emploierai point avec vous, me dit-elle, la dissimulation si ordinaire aux femmes en pareille occasion ; je suis sensible à votre hommage. Votre figure me plaît, j'estime votre caractère, et votre esprit m'amuse ; mais, avant d'écouter vos sentimens, il faut que vous soyez instruit des miens, et c'est déjà vous donner une très-grande marque de confiance.

Il y a deux choses auxquelles je suis également sensible, et que je prétends concilier, quoiqu'elles paroissent inalliables, le plaisir et la considération. Par le genre de vie que j'ai embrasse, je me suis fait d'avance une retraite honorable, lorsqu'il ne me sera plus permis de prétendre ni à la jeunesse, ni à la beauté. Une femme n'a point alors d'autre parti à prendre que le bel esprit ou la dévotion ; le dernier parti est trop contraire à mon goût, et je ne le soutiendrais pas ; au lieu qu'en embrassant celui du bel esprit, je puis jouir dès aujourd'hui de la considération, sans être obligée de renoncer aux plaisirs dans lesquels je veux apporter toute la décence possible. Il y a peu de femmes qui ne fussent flattées de votre hommage, et qui peut-être n'en fissent gloire ; pour moi, en prenant un amant, je n'en veux pas l'éclat. J'approuvai le plan de madame de Tonins ; je me jetai à ses genoux, et je lui promis une discrétion inviolable, si elle m'accordoit ses bontés. Doucement, monsieur, me dit-elle ; il faut que votre conduite me prouve vos sentimens. Dans ce moment il arriva du monde, et je sortis. J'allai quinze jours de suite chez madame de Tonins sans pouvoir vaincre sa résistance. Elle crut à la fin mon amour si sincère qu'elle consentit à me rendre heureux. Nous vécûmes ensemble dans le plus grand mystère pendant près d'un mois ; la société s'aperçut enfin de notre intelligence, et me marqua sur-le-champ autant d'égards que madame de Tonins m'en témoignoit. On me trouva mille fois plus d'esprit qu'auparavant ; mais j'étois peu sensible à la gloire du bel esprit. Autrefois les gens de condition n'osoient y aspirer ; ils sentoient qu'ils ne prenoient pas assez de soin de cultiver leur esprit pour la mériter ; mais ils avoient une considération particulière et une espèce de respect pour les gens de lettres. Les gens de condition se sont avisés depuis de vouloir courir la carrière du bel esprit ; et, ce qu'il y a de plus bizarre, c'est qu'en même temps ils y ont attaché un ridicule. J'étois bien éloigné d'avoir un sentiment si faux ; j'ai toujours pensé qu'il n'y avoit personne qui ne dût être honoré du titre d'homme d'esprit et de lettres ; mais je ne me sentois ni talent, ni étude.

La fureur de jouer la comédie régnoit alors à Paris ; on trouvoit partout des théâtres. La société de madame de Tonins prenoit le même plaisir, et portoit l'ambition plus haut. Pour comble de ridicule, on n'y vouloit jouer que du neuf ; presque tous les acteurs étoient auteurs des pièces qu'ils jouoient. Nos représentations (car je fus bientôt admis dans la troupe) étoient d'un ennui mortel ; on se le dissimuloit ; nous applaudissions tout haut, et nous nous ennuyions tout bas. Madame de Tonins m'obligea aussi de faire une comédie. J'eus beau lui représenter combien j'en étois incapable ; elle blâma cette modestie, et m'assura qu'avec ses conseils je ferois d'excellens ouvrages. Je n'en crus rien ; mais, par complaisance, je me mis à travailler. Dans ce temps-là Dufresny, qui étoit un peu engagé dans notre société, nous proposa d'essayer sur notre théâtre sa comédie du *Mariage fait et rompu*, avant de la donner au public ; on l'accepta, et on la joignit à la mienne. Dix ou douze spectateurs choisis furent admis à cette représentation ; ma pièce réussit au mieux, et celle de Dufresny fut trouvée détestable. Je fus moi-même indigné d'un jugement si déraisonnable ; je pris seul le parti de la comédie de Dufresny. La dispute s'échauffa tellement à ce sujet, que madame de Tonins voulut absolument faire donner ma pièce aux comédiens françois en même temps que le *Mariage fait et rompu*. Je voulus en vain m'y opposer, et lui représenter que c'étoit un ridicule de plus que je me donnerois ; que les gens de mon état n'étoient point faits pour devenir auteurs, parce qu'ordinairement ils n'y réussissent pas ; et que, s'ils l'étoient par complaisance pour l'amusement d'une société, ils ne devoient jamais se donner en public. Madame de Tonins me cita quelques exemples de gens à peu près de ma sorte qui avoient bravé avec succès ce préjugé, et me promit que jamais on ne me connoîtroit pour l'auteur de cette pièce. Quoique ces raisons ne fussent que spécieuses, il fallut céder et me soumettre à tout. Les deux pièces furent jouées à quelques jours de distance. Celle de Dufresny fut applaudie, comme elle le méritoit ; elle est restée au théâtre et le public la revoit toujours avec plaisir ; et ma comédie, dont on ne connoissoit point l'auteur, fut trouvée fort ennuyeuse. Le parterre, désespéré de ne pouvoir ni s'intéresser, ni rire, ni même siffler, fut réduit à bailler. Le bon ton et l'esprit qu'on admiroit chez madame de Tonins, ne firent point d'effet au théâtre. Point d'action, peu de fond, quelques portraits de société qui ne pouvoient pas être entendus et qui ne valoient guère la peine de l'être, ne faisoient pas une pièce qu'on pût hasarder en public. Je vis clairement que les gens du monde, faute d'étude et de talent exercé, sont rarement capables de former un tout tel que le théâtre l'exige. Ils composent comme ils jouent, mal en général, et passablement dans quelques endroits. Ils ont quelques parties au-dessus des comédiens de profession ; mais le total du jeu et de la pièce est toujours mauvais : l'intelligence générale de toute l'action et le concert ne s'y trouvent jamais.

 Le dépit de me voir auteur malgré moi, la nécessité d'admirer tout ce qui émanoit de notre société, et sur-tout de madame de Tonins, me dégoûtèrent bientôt et d'elle et du bel esprit. Ce fut alors que je commençai à connoître véritablement madame de Tonins, et sa petite cour. Je m'aperçus que chaque société, et sur-tout celles de bel esprit, croient composer le public, et que j'avois pris pour une approbation générale le sentiment de quelques personnes que les airs imposans et la confiance de madame de Tonins avoient prévenues et séduites. Le public, loin d'y applaudir, s'en moquoit hautement. Le droit usurpé de juger sans appel les hommes et les ouvrages, notre mépris affecté pour ceux qui réduisoient notre société à sa juste valeur, étoient autant d'objets qui excitoient la plaisanterie et la satire publiques. Outre ces ridicules que je partageois en communauté, on m'en donnoit encore de particuliers. On prétendoit que madame de Tonins, qui donnoit de l'esprit à qui il lui plaisoit, n'en pouvoit pas refuser à celui qui avoit l'honneur de ses bonnes grâces. D'ailleurs, notre société n'étoit pas moins ennuyeuse que ridicule ; j'étois étourdi et excédé de n'entendre parler d'autre chose que des comédies, opéras, acteurs et actrices. On a dit que le dictionnaire de l'opéra ne renfermoit pas plus de six cents mots ; celui des gens du monde est encore plus borné.

Tous ces bureaux de bel esprit ne servent qu'à dégoûter le génie, rétrécir l'esprit, encourager les médiocres, donner de l'orgueil aux sots, et révolter le public. Je cédai au dépit, et quittai madame de Tonins assez brusquement. Je rentrai dans le monde, bien convaincu que toute société tyrannique et entêtée de l'esprit, doit être odieuse au public, et souvent à charge à elle-même.

Pour me guérir radicalement et me dégager la tête de toutes les vapeurs du bel esprit, je résolus de vivre quelque temps dans la finance, et ce remède me réussit ; mais il n'étoit pas sûr, et je reconnus que j'avois eu jusque-là sur les financiers des idées très-fausses à bien des égards.

La finance n'est point du tout aujourd'hui ce qu'elle étoit autrefois. Il y a eu un temps où un homme, de quelqu'espèce qu'il fût, se jetoit dans les affaires avec une ferme résolution d'y faire fortune, sans avoir d'autres dispositions qu'un fonds de cupidité et d'avarice ; nulle délicatesse sur la bassesse des premiers emplois ; le cœur dégagé de tous scrupules sur les moyens, et inaccessible aux remords après le succès : avec ces qualités, on ne manquoit pas de réussir. Le nouveau riche, en conservant ses premières mœurs, y ajoutoit un orgueil féroce dont ses trésors étoient la mesure ; il étoit humble ou insolent suivant ses pertes ou ses gains, et son mérite étoit à ses propres yeux, comme l'argent dont il étoit idolâtre, sujet à l'augmentation et au décri.

Les financiers de ce temps-là étoient peu communicatifs ; la défiance leur rendoit tous les hommes suspects, et la haine publique mettoit encore une barrière entr'eux et la société.

Ceux d'aujourd'hui sont très-différens. La plupart, qui sont entrés dans la finance avec une fortune faite ou avancée, ont eu une éducation soignée, qui, en France, se proportionne plus aux moyens de se la procurer qu'à la naissance. Il n'est donc pas étonnant qu'il se trouve parmi eux des gens fort aimables. Il y en a plusieurs qui aiment et cultivent les lettres, qui sont recherchés par la meilleure compagnie, et qui ne reçoivent chez eux que celle qu'ils choisissent.

Le préjugé n'est plus le même à l'égard des financiers ; on en fait encore des plaisanteries d'habitude ; mais ce ne sont plus de ces traits qui partoient autrefois de l'indignation que les traités et les affaires odieuses répandoient sur toute la finance. Je sais que personne n'a encore osé en parler avantageusement : pour moi, qui rapporte librement les choses comme elles m'ont frappé, je ne crains point de choquer les préjugés de ceux qui déclament stupidement contre la finance, à qui ils doivent peut-être leur existence sans le savoir.

La finance est absolument nécessaire dans un état, et c'est une profession dont la dignité ou la bassesse dépend uniquement de la façon dont elle est exercée.

En donnant à ceux qui l'exercent avec honneur les justes éloges qu'ils méritent, j'avoue que j'ai trouvé plusieurs financiers qui avoient conservé les mœurs de leurs ancêtres. Cela se rencontre parmi ceux qui, avec un cœur bas, ont la tête trop foible pour soutenir l'idée de leur opulence. De ce nombre sont encore plusieurs de ceux qui sont les premiers auteurs de leur fortune. Ces deux espèces de financiers sont rampans, insolens, avares et magnifiques ; c'est même par cet endroit que j'ai d'abord connu la finance.

M. Ponchard, dont le hasard me fit connoître la femme dans le temps que je cherchois un contrepoison au bel esprit, étoit précisément ce qu'il me falloit. C'étoit un de ces nouveaux parvenus. Sorti de la bassesse, il étoit monté par degrés des plus vils emplois aux plus grandes affaires. Il étoit intéressé dans toutes celles qui se faisoient ; et il ne lui manquoit pour décorer, plutôt que pour achever sa fortune, que le titre de fermier général. Sa femme, qui étoit d'une extraction aussi basse, en avoit toute la grossièreté qu'on avoit négligé de corriger par l'éducation. Les grandes fortunes se commencent souvent en province ; mais ce n'est qu'à Paris qu'elles s'achèvent, et qu'on en jouit. M. Ponchard avoit achevé de gagner à Paris un million d'écus, et sa femme y avoit apporté un million de ridicules. Elle n'étoit plus occupée qu'à s'enrichir encore de ceux des femmes de condition ; mais elle n'en saisissoit pas les grâces, qui seules les font pardonner à celles-ci. Comme elle avoit remarqué que presque toutes les femmes du monde avoient des amans, elle en voulut avoir aussi, et ce fut dans ces dispositions que je la trouvai. Elle me jugea digne d'elle, et la facilité de sa conquête me détermina, d'autant plus qu'elle étoit assez bien de figure, quoiqu'elle ne fût pas aimable.

Chaque chose à sa langue ; celle de l'opulence m'étoit inconnue, et j'eus le temps de l'étudier sous M. Ponchard. Il ne parloit que d'or et d'argent, comme un gentilhomme de campagne ne parle que de généalogies. Il étoit confiant dans ses propos ; son ton étoit décidé, et son triomphe étoit à table, dont la chère, quoiqu'abondante, ne laissoit pas d'être délicate. Il y avoit aussi du goût dans ses meubles ; et il s'en trouve nécessairement dans toutes les maisons opulentes de Paris, par la facilité que les gens riches, quelque grossiers qu'ils soient, ont d'avoir à leur service ou à leurs ordres ceux dont la profession s'occupe des choses de goût. Mais comme ce goût n'est que d'emprunt, il ne sert souvent qu'à faire mieux sentir la crasse primitive du maître de la maison qu'on ne peut pas façonner comme un meuble.

Pour madame Ponchard, elle n'étoit occupée qu'à étudier et copier les grands airs qu'elle avoit le malheur de prendre toujours à gauche. Quoiqu'elle tirât son orgueil de la fortune de son mari, elle rougissoit de sa personne.

Je fus bientôt lié dans toute la finance ; ce fut ainsi que je connus plusieurs maisons de financiers, dont je ne pouvois pas faire une comparaison qui fût avantageuse à celle de M. Ponchard. D'ailleurs, pour me dégoûter de madame Ponchard, il suffisoit d'elle-même ; peu s'en falloit qu'elle ne me fît regretter madame de Tonins, et préférer les ridicules aux dégoûts. Elle regardoit un amant comme un meuble ; et, mon hommage flattant sa vanité, elle vouloit que je fusse partout avec elle. Je ne fus pas de ce sentiment-là, et bientôt je commençai à négliger auprès d'elle des devoirs que je n'avois jamais remplis bien exactement. J'étois oblige de faire ma cour ; je voulois vivre avec mes amis, et madame Ponchard devint fort mécontente de ma conduite. Une financière aime à citer souvent un homme de la cour qui lui est attaché ; mais il est encore plus flatteur de se faire voir avec lui en public. L'on fait une partie de campagne où l'on donne un souper ; toutes les autres femmes ont leur amant, et l'on est réduite à parler du sien. Cette situation peut faire du tort à la longue, et donner de mauvaises impressions. Il est bon d'avoir un homme de condition pour en passer sa fantaisie, et n'y pas retourner. Le bon sens l'emporta donc à la fin sur la vanité, et, sans me donner mon congé, madame Ponchard me donna pour associé un jeune commis qu'elle fit entrer dans les sous-fermes, et pour qui elle étoit une duchesse. Je me gardai bien d'éclater en reproches. Je la quittai avec autant de mystère ; je n'eus pas même les égards de rompre avec elle dans les formes, et nous nous trouvâmes libres et débarrassés l'un de l'autre.

FIN DE LA PREMIÈRE PARTIE.

SECONDE PARTIE.

Malgré l'extrême dissipation qui m'emportoit, je ne laissois pas de me faire des amis : j'en ai dû quelques-uns aux plaisirs ; mais je puis dire que je les ai conservés par mon caractère. Le goût pour des maîtresses doit être subordonné aux devoirs de l'amitié, on y doit être plus fidèle qu'en amour ; et, lorsque j'ai voulu juger du caractère d'un homme que je n'ai pas eu le temps d'étudier, je me suis toujours informé s'il avoit conservé ses anciens amis. Il est rare que cette règle-là nous trompe. Je n'en ai jamais perdu qu'un par une aventure assez singulière pour qu'elle mérite d'être rapportée.

Senecé étoit un de ceux avec qui je n'étois lié que par les plaisirs. Le fond de son caractère étoit une facilité et une bonté qui alloient jusqu'à la foiblesse. Avec un cœur naturellement droit, ses bonnes et ses mauvaises qualités dépendoient de ses liaisons. Il ne tenoit à rien par son goût, et se livroit à tout par celui des autres ; on lui faisoit accepter aussi indifféremment une cérémonie de deuil qu'une partie de plaisir ; il assistoit à tout et n'imaginoit rien, parce qu'il étoit uniquement déterminé par l'envie de plaire. Il n'étoit jamais embarrassé que de se conformer à tous nos sentimens qui n'étoient pas toujours aussi uniformes que nos goûts. Senecé étoit enfin le plus complaisant des amis ; l'amour en fit un esclave.

Je m'aperçus que depuis un temps Senecé n'étoit plus aussi fidèle à nos plaisirs qu'il l'avoit toujours été. Je lui en parlai ; il m'avoua qu'il étoit amoureux à la fureur de la plus aimable et de la plus respectable des femmes. Les éloges des amans m'ont toujours été fort suspects ; ceux de Senecé, qui n'avoit jamais rien blâmé, l'étoient encore davantage. Il me proposa de me présenter à sa maîtresse, me dit qu'il lui avoit déjà parlé de moi comme de son ami particulier, et que j'en serois parfaitement bien reçu. J'acceptai la proposition, et j'y allai avec lui ce jour-là même. Ce chef-d'œuvre, que m'avoit vanté Senecé, étoit une femme d'environ quarante ans, qui avoit encore des restes de beauté, sans avoir jamais eu d'agréments. Il lui restoit, de ses anciens charmes, un air un peu plus que hardi, qui relevoit merveilleusement la fadeur d'une blonde un peu hasardée.

Madame Dornal, c'étoit son nom, me fit assez d'accueil, quoiqu'elle m'insinuât que je devois être sensible à une préférence qu'elle me donnoit sur beaucoup de personnes qui désiroient d'être admises chez elle, où toute la compagnie étoit choisie. Je fus médiocrement flatté de la distinction : je ne laissai pas de lui répondre poliment ; mais je n'avois pas envie d'abuser de la permission qu'elle me donnoit, et je n'allai chez elle dans la suite que pour céder aux importunités de Senecé. Je connus bientôt le caractère de madame Dornal, et je fus indigné de voir un galant homme assez aveugle pour lui être attaché.

Quoique la dame Dornal fût sans naissance, et son mari un homme assez obscur, une de ses manies étoit de se donner pour femme de condition, et d'en parler aussi souvent que tous ceux qui en importunent toujours, et ne persuadent jamais. Le cercle brillant qui se rendoit chez elle, se réduisoit à cinq ou six vieilles joueuses, et quelques ennuyeux qui n'étoient bons qu'à vivre avec elles. Pour le mari, c'étoit une espèce d'imbécile qu'on faisoit manger en particulier, quand sa présence pouvoit incommoder. Cela ne faisoit pas une maison fort amusante ; mais, quand la compagnie auroit été capable de m'y attirer, la maîtresse étoit faite pour en écarter tout honnête homme. C'étoit un composé de fausseté, d'envie et d'impertinence. Elle avoit eu plusieurs amans dans sa jeunesse, et n'en avoit jamais aimé aucun ; elle n'en étoit pas digne, son cœur n'étoit fait que pour le vice. Elle auroit été trop dangereuse si elle eût eu de l'esprit : heureusement elle n'en avoit point ; ce n'est pas qu'elle n'y prétendît. Elle vouloit même paroître vive, parce qu'elle s'imaginoit que cela lui donnoit un air de jeunesse et d'esprit, et la vivacité qui n'en vient pas ajoute encore à la sottise. Je ne concevois pas l'aveuglement de Senecé, ni qu'on pût être attaché à une femme sans jeunesse, et dont l'âme auroit enlaidi la beauté même. Je crus qu'il étoit du devoir de l'amitié d'ouvrir les yeux à mon ami ; un attachement indigne commence par donner un ridicule à un homme, et finit par le rendre méprisable. Je n'ignorois pas qu'une pareille entreprise étoit délicate avec un homme amoureux, et j'étois fort embarrassé. Ce qui me détermina fut de voir que Senecé rompoit insensiblement avec tous ses amis, et particulièrement avec sa famille. On n'est pas toujours obligé d'avoir ses parens pour amis ; mais il est décent de vivre avec eux comme s'ils l'étoient, et de cacher au public toutes les dissentions domestiques. Senecé eut avec sa sœur, qui étoit une femme respectable, une discussion qui fit éclat ; tout le monde donnoit le tort à mon ami, et je vis clairement que ce scandale étoit l'ouvrage de la Dornal. Elle connoissoit assez la facilité de son amant pour craindre qu'on ne le lui enlevât ; elle avoit résolu de le subjuguer ; et, comme elle ne se croyoit pas assez jeune pour s'assurer de sa constance, elle commença par l'éloigner de tous ceux dont les conseils auroient pu déranger ses projets. J'eus l'honneur de ne lui être pas moins suspect qu'un autre. Elle fit quelque tentative contre moi auprès de Senecé ; mais, soit qu'elle l'eût trouvé un peu trop prévenu en ma faveur, et qu'elle craignît une indiscrétion de sa part avec moi, soit qu'elle voulût me mettre dans ses intérêts, il n'y eut point d'avances et de bassesses qu'elle ne fît pour me plaire. Elle ajouta encore par là au mépris que j'avois déjà pour elle. J'en parlai à Senecé, et ce fut sans aucun ménagement. Je lui fis sentir, ou plutôt je lui représentai le tort qu'il se faisoit. Apparemment qu'il avoit déjà entendu parler désavantageusement de sa maîtresse : car il m'interrompit sur-le-champ. Je vois, me dit-il, que vous êtes aussi prévenu que les autres contre madame Dornal. Ne m'est-il pas permis d'avoir une maîtresse, et ne suis-je pas trop heureux d'en faire mon amie ? La pauvre madame Dornal est bien malheureuse, avec les sentimens nobles qu'elle a, de n'avoir que des ennemis. Vous êtes plus injuste qu'un autre à son égard, car elle vous aime, et je suis témoin qu'elle n'a rien oublié pour vous plaire.

Je laissai Senecé dire tout ce qu'il voulut, après quoi je repris en ces termes :

Vous savez que ma morale est celle d'un honnête homme et d'un homme du monde qui n'est jamais sévère sur l'amour. Puis-je trouver mauvais que vous soyez amoureux ? ce seroit reprocher à quelqu'un d'être malade. Quoique votre attachement paroisse ridicule, on ne doit que vous plaindre et non pas vous blâmer. N'est-on pas trop heureux, dites-vous, de trouver un ami dans sa maîtresse ? Oui, sans doute, et c'est le comble du bonheur de goûter avec la même personne les plaisirs de l'amour et les douceurs de l'amitié, d'y trouver à la fois une amante tendre et une amie sûre ; je ne désirerois pas d'autre félicité : malheureusement pour vous, c'est un état ou vous ne pouvez pas prétendre avec la Dornal. Vous en êtes amoureux, faites-en votre maîtresse : l'amour est un mouvement aveugle qui ne suppose pas toujours du mérite dans son objet. On n'est heureux que par l'opinion, et l'on ne dispose pas librement de son cœur ; mais on est comptable de l'amitié. L'amour se fait sentir, l'amitié se mérite : elle est le fruit de l'estime. La Dornal en est-elle digne ? Je fis alors à Senecé le portrait de sa maîtresse ; il étoit affreux, car il ressembloit. On est bien à plaindre, ajoutai-je, d'aimer l'objet du mépris universel ; mais, quand on ne sauroit se guérir d'un attachement honteux, il faut du moins s'en cacher, et il semble que vous affectiez de vous montrer partout avec elle. On vous voit ensemble aux spectacles, sans qu'elle puisse trouver d'autre compagnie que celle que vous y engagez par surprise ou par une complaisance forcée. Je ne suis point la dupe des politesses intéressées de votre maîtresse ; peut-être n'a-t-elle pris ce parti-là qu'après avoir inutilement essayé de me détruire dans votre esprit ; je serois même fâché qu'elles fussent sincères : son amitié me seroit importune, et son estime déshonorante. J'ai cru devoir vous parler avec autant de force et de franchise. D'ailleurs, comme je suis le seul de vos anciens amis qui aille dans cette maison, je serois au désespoir qu'on me soupçonnât d'approuver votre commerce. C'est à vous d'accorder votre plaisir avec vos devoirs : satisfaites vos désirs ; mais qu'une femme ne vous arrache ni à votre famille, ni à vos amis. Senecé demeura un peu interdit ; il me répondit que, si je la connoissois mieux, j'en prendrois d'autres sentimens. Enfin il me parut confus et plus affligé que converti. La bonté de son cœur, qui rendoit justice à mes intentions, l'empêcha de s'emporter contre moi, comme la plupart des amans l'auroient fait ; mais il n'en parut pas plus détaché de sa maîtresse.

Il n'étoit guère convenable que je continuasse d'aller chez une femme dont je pensois aussi mal ; je cessai mes visites ; je n'y allois que lorsque Senecé m'y entraînoit. Elle m'en fit d'abord quelques reproches ; mais apparemment qu'il lui rendit compte de mes motifs et de notre conversation ; car elle changea tout à coup l'accueil qu'elle avoit coutume de me faire, et me marqua une haine qui étoit aussi sincère que ses premières amitiés avoient été fausses. J'en fus charmé, et je cessai absolument d'y aller.

Cependant je voyois toujours Senecé ; il craignoit de me parler de sa maîtresse, et je ne lui en disois pas un mot. De temps en temps je le trouvois triste et pensif. Je l'aimois véritablement, et je m'intéressois à son état. Je lui demandai un jour le sujet de son chagrin ; son embarras me fit soupçonner une partie de la vérité. Après plusieurs défaites, il m'avoua qu'il avoit quelquefois des altercations avec sa maîtresse, et qu'elle le traitoit avec beaucoup de hauteur et même de dureté. C'est-à-dire, lui répondis-je, que vous êtes subjugué, et que cette femme-là n'est pas contente d'avoir un amant auquel elle ne devoit plus raisonnablement prétendre, à moins qu'elle n'en devienne le tyran. Je voulus lui rappeler alors ce que je lui avois déjà dit. Vous ne m'apprendrez rien, reprit-il en m'interrompant, que je ne sache, et que je ne me sois dit. Je sens avec vous, et avec tout le monde, le mépris qu'elle mérite, c'est ce qui achève mon malheur ; je la méprise et je l'aime. Dans ce cas, lui répliquai-je, je ne puis que vous plaindre ; mais j'imagine qu'il n'est pourtant pas difficile de rompre un engagement dont on rougit. Ce n'est pas tout, reprit-il ; je la redoute : c'est un étrange caractère, une femme emportée qui est capable des partis les plus violens. Je lui ai fait connoître que j'étois excédé de sa tyrannie, et sur le point de m'en affranchir ; elle ne m'a point dissimulé qu'elle ne me verroit pas infidèle impunément, et qu'elle auroit recours aux moyens les plus cruels. Impertinence de sa part ? repris-je ; ridicule de la vôtre ! elle n'est pas si déterminée, et ne vous croit pas si timide. Pardonnez-moi, reprit Senecé ; elle a pénétré mes craintes. Ne doutez point, dis-je alors, qu'elle ne soit capable du crime, puisqu'elle est assez indigne pour vous en pardonner les soupçons, et pour vous revoir. Si quelque chose peut vous rassurer, ce sont ses menaces. Mais il est un moyen plus simple : ne la revoyez jamais, vous n'aurez rien à redouter de sa part. Senecé soupira et rougit : Je suis, reprit-il, assez humilié pour ne pas craindre de l'être davantage. J'avoue que je n'en suis pas détaché ; je ne puis pas m'empêcher de regarder ses emportemens comme les effets de son amour ; je suis persuadé qu'elle m'aime, et l'on doit pardonner bien des choses à l'amour ; son cœur est uniquement à moi, et il n'y a personne qu'elle me préférât. Je crois, lui dis-je, que vous pouvez être assuré de sa constance, sans être soupçonné d'amour-propre. Il lui faut un amant ; elle vous a trouvé par un destin unique ; si elle vous perdoit, pourroit-elle se flatter d'un second miracle qui vous donnât un successeur ? Voilà ce qui l'attache à vous, non pas comme une amante, car elle n'est digne ni d'aimer, ni d'être aimée ; mais comme une furie qui craint de perdre sa proie. Je ne suis pas prévenu en ma faveur ; et, malgré l'horreur que je me flatte de lui inspirer, je suis sûr que je vous supplanterois, sans avoir rien pour moi que la nouveauté. Senece trouva ma témérité ridicule.

Notre conversation n'eut pas d'autre suite : Senecé retourna, le soir même, souper chez la Dornal. Ce que j'avois avancé me fit naître l'idée de l'exécuter, comme l'unique moyen de détromper et de guérir mon ami. Après la première conversation que j'avois eue avec Senecé au sujet de sa maîtresse, j'avois résolu de ne lui en jamais parler, et de respecter l'erreur d'un ami, puisqu'il y trouvoit son bonheur ; mais lorsqu'il m'eut fait connoître son état, et que son indigne attachement, en le faisant mépriser, ne le rendoit pas plus heureux, je ne songeai plus qu'à l'arracher à ses fers honteux. La difficulté étoit de revoir la Dornal, le hasard y pourvut. Je l'aperçus un jour à la comédie avec Senecé dans une loge, au fond de laquelle il se cachoit ; car, il faut lui rendre justice, il rougissoit d'être avec elle. Je feignis de n'avoir reconnu que lui, et j'allai le trouver comme pour lui demander une place. Mon abord les déconcerta l'un et l'autre ; je vis, dans les yeux de la Dornal, toute la rage que ma vue lui inspiroit, et qu'elle avoit peine à cacher ; elle ne put cependant empêcher que je ne prisse la place que j'avois demandée, et que Senece n'avoit osé me refuser ; et, comme j'avois mon dessein, je ne parus pas faire attention à la mauvaise grâce dont elle me fut accordee.

Pendant la comédie, je fis à la Dornal quelques politesses qui commencèrent à la calmer ; je les augmentai par degrés ; enfin, soit qu'elle attribuât mon procédé au remords de lui avoir déplu, soit qu'elle aimât encore mieux me gagner que d'avoir à combattre contre moi dans le cœur de Senecé, elle finit par me faire un accueil assez flatteur. Je lui offris la main pour la conduire à son carrosse ; elle l'accepta, et me demanda si je ne venois pas souper avec eux. J'y consentis, et Senecé m'en parut charmé. Le souper se passa fort bien ; je fis à la Dornal plusieurs agaceries auxquelles elle répondit ; et nous nous séparâmes meilleurs amis que nous ne l'avions jamais été. J'y retournai le lendemain, je fus encore mieux reçu que la veille. Je tins la même conduite pendant plusieurs jours, et je n'oubliai rien pour lui persuader que j'étois amoureux d'elle. J'y allois dans l'absence de Senecé, et je voyois qu'elle lui faisoit mystère de mes visites. Il me dit qu'il vivoit plus tranquillement avec elle, et que, si elle continuoit à le traiter avec autant de douceur, il seroit le plus heureux des hommes. Je compris facilement la raison de ce changement ; mais je me gardai bien de la lui dire : il n'étoit pas encore temps. Enfin, lorsque la Dornal crut avoir assez fait de progrès dans mon cœur, elle se hasarda à me parler avec confiance. Elle me fit des plaintes et des reproches des discours que j'avois tenus sur son compte à Senecé, qui avoit eu la foiblesse de les lui rapporter. Je profitai sur-le-champ de l'ouverture qu'elle me donnoit ; j'en avouai plus qu'il n'en avoit dit, et j'ajoutai que la jalousie m'en avoit encore inspiré davantage. Feignant alors de ne pouvoir plus cacher mon secret, je lui dis en rougissant, et je le pouvois à plus d'un titre, que je l'avois aimée dès le premier moment ; que je n'avois pu supporter le bonheur de Senecé ; et que j'avois fait tous mes efforts pour le dégoûter et l'éloigner, n'espérant pas de pouvoir le supplanter autrement.

Je remarquai que la Dornal avaloit à longs traits le poison que je lui présentois ; ses yeux s'attendrirent ; elle me répondit qu'elle avoit été bien injuste à mon égard ; qu'elle ne pouvoit pas me blâmer ; que l'amour portoit son excuse avec lui ; qu'elle m'eût préféré à Senecé si elle eût pénétré mes sentimens ; qu'elle l'avoit sincèrement aimé ; mais que depuis quelque temps il n'en étoit guère digne, et qu'elle sentoit qu'un hommage tel que le mien étoit bien capable de la déterminer à abandonner un amant qui m'étoit si fort inférieur. Elle prononça ces derniers mots avec une rougeur qui ne lui convenoit guère. Je me jetai à ses genoux, et lui fis entendre, par mes remercîmens, qu'elle venoit de s'engager avec moi.

Les préliminaires d'une intrigue ne languissent pas avec une femme consommée ; les retardemens auroient eu un air d'enfance dont la vertueuse Dornal étoit fort éloignée. En peu de jours nos affaires furent réglées, et il fut arrêté qu'on me donneroit la première nuit que Senecé passeroit à Versailles.

Ce qu'il y a de singulier, c'est qu'il n'étoit content de sa maîtresse que depuis qu'elle s'éloignoit de lui : ce n'étoit pas mon compte ; pour l'exécution de mon projet, il falloit qu'il fût jaloux. J'affectois inutilement d'avoir devant lui un air d'intelligence avec sa maîtresse ; nous nous lancions de ces regards qui dévoilent tant de mystères et trahissent les amans ; tout cela échappoit au tranquille Senecé. Un jour il me dit qu'il comptoit aller le lendemain à Versailles pour les affaires de son régiment. J'évitai de me trouver ce jour-là à souper avec lui chez la Dornal. Je ne doutai point qu'elle ne m'avertît du voyage, et je voulois la mettre dans la nécessité de me l'écrire : je ne me trompai point. Dès le lendemain matin je reçus d'elle un billet très-galant, et encore plus clair, par lequel elle me donnoit rendez-vous pour la nuit suivante ; elle y parloit de Senecé avec mépris, et me donnoit les assurances de l'amour le plus violent.

J'allai aussitôt chez Senecé ; je lui parlai de son voyage de Versailles avec un air d'intérêt d'autant plus suspect, que cela devoit m'être indifférent ; il y fit attention, et je le remarquai. Lorsque je l'eus amené au point que je désirois, je le quittai ; mais, en tirant mon mouchoir, je laissai tomber exprès le billet de la Dornal ; je vis que Senecé fut près de le ramasser, et qu'il n'attendit que je fusse sorti, que pour s'en saisir plus sûrement. Je ne doutai point de l'effet que ce billet produiroit sur lui, et je me préparai à mon rendez-vous, dont je n'avois assurément pas envie de profiter ; mais je croyois que l'unique moyen de détromper mon ami, étoit de paroître à ses yeux pousser l'aventure jusqu'à la dernière extrémité.

Je me rendis chez la Dornal sur le minuit, avec un air de mystère affecté. Senecé, qui y avoit soupeé, venoit d'en sortir. Il étoit monté en chaise comme pour se rendre à Versailles ; mais au bout de la rue il en étoit descendu, et revenu à pied à quatre pas de la maison, où je l'aperçus qui faisoit le guet. Je ne fis pas semblant de l'avoir vu, et j'entrai.

Je trouvai la fidèle Dornal dans le déshabillé le plus galant ; il ne lui manquoit que de la jeunesse et des charmes, et à moi de l'amour. J'eus quelques remords sur le rôle que je jouois ; mais je me raffermis par le motif. Je ne doutois point que Senecé ne me suivît bientôt. Je ne me trompois pas. Il entra un moment après moi, et dans le temps que la Dornal vint m'embrasser avec transport en me pressant de nous mettre au lit. Senecé l'entendit distinctement. La fureur le tint quelque temps immobile ; la Dornal fut extrêmement déconcertée, et je parus l'être. Enfin Senecé, me regardant avec des yeux furieux : C'est toi, perfide ami ! me dit-il, qui partages l'infidélité de cette malheureuse, et en même temps il vint sur moi l'épée à la main. Je n'eus que celui de me mettre en défense, et de parer le coup qu'il me portoit ; mais l'audacieuse Dornal, qui s'étoit rassurée dans l'instant, le saisit et lui demanda de quel droit il venoit chez elle faire un tel scandale, et lui ordonna de sortir.

Rien n'égale l'étonnement que me donna cette impudence ; il augmenta encore lorsque j'en vis l'effet. Ces paroles, qui auroient dû mettre le comble à la fureur de Senecé, lui imposèrent. La Dornal continua de le traiter avec la dernière hauteur, et je vis Senecé trembler devant son tyran.

Lorsque je vis qu'il n'y avoit pas autre chose à craindre, je sortis et j'attendois dans la rue pour voir la suite de cette aventure. J'y fus bien une heure sans voir paroître Senecé. Je ne pouvois pas imaginer ce qui le retenoit ; je ne croyois pas que le procédé de la Dornal exigeât une explication si longue ; ennuyé d'attendre, je me retirai chez moi.

Lelendemain j'écrivis à Senecé une lettre détaillée, dans laquelle je lui rendois un compte exact de ma conduite et de mes motifs ; je n'en reçus point de réponse. J'appris quelques jours après qu'il continuoit de revoir sa maîtresse. Je ne concevois pas comment elle avoit pu se justifier, ni qu'il eût été assez foible pour lui pardonner. Il m'a toujours évité depuis. Pour moi, après lui avoir fait faire de ma part toutes les avances possibles, j'ai cessé de le rechercher. J'ai su depuis que, le mari de la Dornal étant mort assez brusquement, Senecé avoit eu la lâcheté d'épouser cette vile créature. Comme il est parfaitement honnête homme, très-estimable d'ailleurs, et qu'il a été mon ami, je n'ai pu m'empêcher de le plaindre, et je le trouve trop puni.

J'ai compris par cette aventure qu'il est impossible de ramener un homme subjugué, et que la femme la plus méprisable est celle dont l'empire est le plus sûr. Si le charme de la vie est de la passer avec une femme qui justifie votre goût par ses sentimens, c'est le comble du malheur d'être dans un esclavage honteux, asservi aux caprices de ces femmes qui désunissent les amis, et portent le trouble dans les familles. Les exemples n'en sont que trop communs dans Paris.

Les intrigues où j'étois engagé pour mon compte, m'empêchèrent de songer davantage à cette aventure. Je me trouvois alors trois maîtresses à la fois : il faut des talens bien supérieurs pour les conserver, c'est-à-dire, les tromper toutes, et faire croire à chacune qu'elle est unique.

Une femme n'a pas besoin d'être bien pénétrante pour soupçonner des rivales ; la multiplicité des devoirs d'un amant les empêche d'être bien vifs.

Il y en eut une dont je m'ennuyai, et que je quittai bientôt, parce qu'elle étoit trop ce qu'on appelle vulgairement *caillette*. Une femme de ce caractère, ou plutôt de cette espèce, n'a ni principes, ni passions, ni idées. Elle ne pense point, et croit sentir, elle a l'esprit et le cœur également froids et stériles. Elle n'est occupée que de petits objets, et ne parle que par lieux communs, qu'elle prend pour des traits neufs. Elle rappelle tout à elle, ou à une minutie dont elle sera frappée. Elle aime à paroître instruite, et se croit nécessaire. La tracasserie est son élément ; la parure, les décisions sur les modes et les ajustemens font son occupation. Elle coupera la conversation la plus importante pour dire que les taffetas de l'année sont effroyables, et d'un goût qui fait honte à la nation. Elle prend un amant comme une robe, parce que c'est l'usage. Elle est incommode dans les affaires, et ennuyeuse dans les plaisirs. La *caillette* de qualité ne se distingue de la *caillette* bourgeoise que par certains mots d'un meilleur usage et des objets différens ; la première vous parle d'un voyage de Marly, et l'autre vous ennuie du détail d'un souper du Marais. Qu'il y a d'hommes qui sont *caillettes* !

Je rompis bientôt après avec une autre, parce que j'étois après le jeu ce qu'elle aimoit le mieux. Ce n'étoit point que je fusse piqué de n'être pas son unique passion ; mais il n'y a rien de si désagréable que de ne pouvoir compter sur un rendez-vous fixe, qu'elle sacrifioit toujours à la première partie qui se présentoit. D'ailleurs je ne pouvois aller chez elle, que je n'y trouvasse toujours quel qu'une de ces prétendues comtesses ou marquises, parmi lesquelles on en trouve quelquefois de réelles qui déshonorent leur nom par l'indigne commerce qu'elles font. Une femme dont la maison est livrée au jeu, s'engage ordinairement à plus d'un métier. Ce n'étoit pas encore ce qui me déplaisoit le plus. Il n'y a point de mauvaise compagnie en femmes qu'on ne puisse désavouer suivant les différentes circonstances ; mais on doit être plus délicat sur les liaisons avec les hommes. Malheureusement je trouvois encore chez ma maîtresse de ces chevaliers qui sont réduits à vivre brillamment à Paris, faute de pouvoir subsister dans leur province, dont ils sont quelquefois obligés de sortir par une mauvaise humeur de la justice.

À peine eus-je quitté celle dont je viens de parler, que je fus obligé d'en sacrifier une autre aux devoirs de la société. Madame Derval, c'étoit son nom, étoit ce qu'on appelle une bonne femme. Elle avoit le cœur droit, l'esprit simple, et de la candeur dans le procédé. Il étoit aussi nécessaire à son existence d'aimer que de respirer. Chez elle l'amour avoit sa source dans le caractère, et ne dépendoit point d'un objet déterminé. Il lui falloit un amant quel qu'il fût ; son cœur n'auroit pas pu en supporter la privation ; mais elle en auroit eu dix de suite, pourvu qu'ils se fussent succédés sans intervalle, qu'à peine se seroit-elle aperçu du changement. Elle aimoit de très-bonne foi celui qu'elle avoit, et conservoit les mêmes sentimens à son successeur. La figure de madame Derval, qui étoit charmante, lui assuroit toujours un amant ; l'inconstance naturelle aux amans heureux le lui faisoit bientôt perdre ; mais il ne la quittoit que pour faire place à un autre, dont le bonheur étoit aussi sûr et la constance aussi foible.

D'ailleurs le bon air étoit de l'avoir eue, et je voulus en passer ma fantaisie. Je comptois que ce seroit une affaire de quelques jours ; mais la bonté de son caractère, sa complaisance, ses attentions, ses caresses, son empressement pour moi m'arrêtèrent insensiblement. Je l'avois prise par caprice, je m'y attachai par goût ; et il y avoit déjà deux mois que je vivois avec elle sans songer à la quitter, lorsque je reçus un billet conçu en ces termes :

« Lorsque vous avez pris madame Derval, monsieur, j'étois dans le même dessein ; mais vous m'avez prévenu : votre fantaisie m'a paru toute simple, et j'ai pris le parti d'attendre qu'elle fût passée pour satisfaire la mienne. Cependant votre goût devroit être épuisé depuis deux mois ; un terme si long tient de l'amour, et même de la constance. J'espérais toujours que vous quitteriez madame Derval ; j'attendois mon tour ; et, dans cette confiance, j'ai rompu avec une maîtresse que j'aurois gardée. Vous êtes trop galant homme pour troubler l'ordre de la société ; rendez-lui donc une femme qui lui appartient : vous devez sentir la justice de ma demande ».

Ce billet me parut si singulier, que j'allai sur-le-champ le communiquer à madame Derval ; mais quelle fut ma surprise, lorsque je vis, par ses réponses obscures et équivoques, que cela lui paroissoit aussi simple qu'indifférent ! Dès ce moment je sentis mes torts ; je songeai à les réparer, et je rendis dans le jour même à la société madame Derval, comme un effet qui devoit être dans le commerce.

Quoique je ne vécusse au milieu des plaisirs que dans ce qu'on appelle la bonne compagnie, j'étois trop répandu pour n'être pas du moins connu de la mauvaise. On n'est point impunément un homme à la mode. Il suffit d'être entré dans le monde sur ce ton-là, pour continuer d'y être, lors même qu'on ne le mérite plus. Aussitôt qu'un homme parvient à ce précieux titre, il est couru de toutes les femmes, qui sont plus jalouses d'être connues qu'estimées. Ce n'est sûrement pas l'estime, ce n'est pas même l'amour qui les détermine ; c'est par air qu'elles courent après un homme qu'elles méprisent souvent, quoiqu'elles le préfèrent à un amant qui n'a d'autres torts que d'être un honnête homme ignoré.

On croiroit qu'elles en sont assez punies par l'indiscrétion, la perfidie et tous les mauvais procèdes qu'elles essuient : point du tout ; elles sont déshonorées ; ne désirent que d'être sur la scène du monde ; l'éclat, qui feroit périr de désespoir une femme raisonnable, les console de tout.

Les filles qui vivent de leurs attraits ont la même ambition que les femmes du monde ; non-seulement la conquête d'un homme célèbre met un plus haut prix à leurs charmes ; mais cela les élève encore à une sorte de rivalité avec certaines femmes de condition qui n'ont que trop de ressemblance avec elles ; de sorte que vous entendez souvent citer les mêmes noms par des femmes qui ne seroient pas faites pour avoir les mêmes connoissances. D'ailleurs, indépendamment des commerces réglés, je me trouvois quelquefois engagé dans ces soupers de liberté, où il sembleroit qu'on vînt se dédommager de la contrainte qu'exigent les honnêtes femmes, si on pouvoit leur faire un reproche aussi mal fondé.

C'étoit dans ces parties que je connoissois les beautés nouvelles que la misère, le libertinage et la séduction fournissent à la débauche de Paris.

J'avoue que je ne m'y suis jamais trouvé sans une secrète répugnance. Ces tristes victimes de nos fantaisies et de nos caprices m'ont toujours offert l'image du malheur, et jamais celle du plaisir.

Je me voyois l'objet des agaceries des coquettes, et des déclarations peu équivoques de plusieurs autres femmes. Ce manège, qui m'avoit amusé pendant quelque temps, me parut enfin ridicule. Je m'aperçus du mépris que les gens sensés, même ceux qui aiment le plaisir, font d'un homme à la mode, et je commençai à rougir d'un titre que je partageois avec des gens fort méprisables. L'idée d'une vie plus tranquille vint se présenter à mon esprit. Je jugeai qu'elle seroit plus conforme à mes véritables sentimens, et je résolus de vivre avec moins d'éclat. Une aventure qui m'arriva alors, acheva de me déterminer à céder au penchant de mon cœur.

On m'avoit souvent adressé de ces lettres que les personnes connues à Paris par leur goût pour le plaisir ou par leur fortune, sont en possession de recevoir. Le sujet et le style en sont toujours les mêmes. C'est une jeune et aimable personne qui vous déclare timidement un goût décidé pour vous, et vous offre ses faveurs à un prix raisonnable. Je me divertissois de ces billets ; c'est toute la réponse qu'ils exigent, à moins qu'on n'accepte la proposition. Mais je fus un jour exposé à une épreuve plus séduisante.

Mon valet de chambre entra un matin dans mon appartement, et me dit qu'une femme assez mal vêtue attendoit depuis long-temps que je fusse éveillé pour me parler d'une affaire qu'elle ne pouvoit, disoit-elle, communiquer qu'à moi. J'ordonnai qu'on la fît entrer, et qu'on nous laissât seuls. J'attendois que cette femme m'expliquât ce qu'elle vouloit ; mais je n'ai jamais vu d'embarras pareil au sien. Tout ce que le malheur, la honte, la misère et la vertu humiliée peuvent inspirer, étoit peint sur son visage. Elle ouvrit plusieurs fois la bouche ; la parole expiroit toujours sur ses lèvres. Son état me toucha ; je cherchai à la rassurer ; je lui marquai toute la sensibilité qui pouvoit l'encourager. Après plusieurs efforts, et, tâchant de me dérober des larmes qui sortoient malgré elle, d'une voix basse et entrecoupée, elle me dit, qu'elle étoit dans la dernière misère ; qu'elle avoit perdu son mari qui la faisoit vivre par son travail ; qu'elle avoit été obligée de vendre ce qui lui étoit resté pour payer quelques dettes ; qu'elle avoit une fille d'environ seize ans qui achevoit son malheur, par la tendresse qu'elles avoient l'une pour l'autre, et l'impossibilité où elle étoit de la faire subsister. Cette femme s'arrêta là ; les larmes qu'elle avoit tâché de suspendre, sortirent avec plus d'abondance, et lui coupèrent la voix. Je me sentois ému ; son discours, son état ;, sa physionomie s'intéressoient. Je fis cependant effort sur moi-même pour lui cacher mon trouble, pour calmer le sien, et l'engager à continuer. Je lui demandai ce qu'elle désiroit que je fisse pour elle. On m'a assuré, me répondit-elle, avec un trouble nouveau, et qui paroissoit encore augmenter à chaque instant, qu'il y avoit des personnes riches qui vouloient bien avoir soin des filles qui n'ont d'autre ressource que la charité : je viens implorer la vôtre. Je sens bien, poursuivit-elle toujours en pleurant, à quelle reconnoissance j'engage ma malheureuse fille ; mais je ne puis me résoudre à la voir mourir, accablée par la misère. Ces dernières paroles furent celles qui lui coûtèrent le plus, à peine les put-elle articuler. La honte lui fit baisser les yeux ; je sentis que j'en étois autant l'objet qu'elle-même. Elle rougissoit à la fois, d'un discours humiliant pour elle, et que la nature qui se révoltait lui faisoit sans doute trouver offensant pour moi. Je pénétrai toute son âme, ses sentimens passèrent dans mon cœur ; j'essayai de la consoler, et, comme je ne me trouvois pas moi-même tranquille, je lui donnai l'argent que j'avois sur moi, et je la renvoyai pour respirer en liberté. Que le malheur rend reconnoissant ! j'eus toutes les peines un monde à me dérober à l'excès de ses remercîmens. Lorsqu'elle fut sortie, je fis réflexion sur son état, sur les combats que son cœur avoit dû essuyer avant de faire cette démarche, et combien notre vertu dépend de notre situation.

Je vécus ce jour-là comme à mon ordinaire, c'est-à-dire que je me trouvai avec les mêmes personnes et dans les mêmes plaisirs ; mais je fus toujours traversé par des distractions. L'impression que cette infortunée avoit faite sur mon âme, ne me laissoit pas tranquille. Je me retirai chez moi, toujours occupé de cette image.

    Le lendemain matin, on m'annonça la même personne : j'ignorais ce qui pouvoit la ramener ; j'ordonnai qu'on la fît entrer. Elle entra, suivie d'une jeune fille que je jugeai être la sienne, et qui l'étoit en effet. J'étois encore au lit. Elles s'avancèrent l'une et l'autre auprès de moi. La mère me fit encore les remercîmens les plus humbles de ce que je lui avois donné la veille. La fille, qui gardoit le silence, joignoit seulement aux discours de sa mère l'air le plus soumis. J'eus le temps de l'examiner. Je n'ai jamais rien vu de si aimable ; la surprise qu'elle me causa, m'empêcha d'imposer silence à la mère. Je la laissois parler sans songer à ce qu'elle me disoit, tant j'étois frappé de la beauté de sa fille. La candeur, la vertu, l'innocence étoient peintes sur son visage. On ne voit point de ces physionomies-là dans le monde. Les traits les plus réguliers et les plus séduisans ne perdoient rien de leur éclat, malgré l'abattement et la pâleur qui devoient naturellement les éteindre. Elle n'avoit pas la force de se soutenir ; elle n'osoit me regarder, et ne respiroit que par de profonds soupirs. Je lui dis d'approcher : elle le fit en tremblant ; sa frayeur me parut extrême. Que craignez-vous, lui dis-je, mademoiselle ? vous est-il arrive quelque nouveau malheur ? quelle raison vous a fait venir ici ? Celle de vous marquer notre reconnoissance, répondit-elle en hésitant. Vous en avez plus, lui dis-je, que ne mérite un simple sentiment d'humanité ; il faut que vous ayez d'autres sujets de vous affliger : parlez en assurance ; je ne vous demande, pour toute reconnoissance, que de me faire connoître vos nouveaux besoins. Au lieu de me répondre, elle jeta les yeux sur sa mère, et se mit à pleurer. La mère ne put retenir ses larmes, elle prit sa fille entre ses bras ; elles se tenoient l'une et l'autre embrassées ; elle se seroient comme si elles eussent craint d'être séparées pour toujours. Je ne savois que penser d'une douleur aussi immodérée ; je crus enfin en pénétrer le motif. Auriez-vous craint, leur dis-je, que j'osasse abuser de votre malheur ? N'est-ce point une idée aussi injurieuse pour moi qui cause votre frayeur ? Hélas ! monsieur, reprit la mère, j'ai cru devoir amener Julie pour remercier notre bienfaiteur ; nous n'osions l'une et l'autre envisager d'autres motifs. Mais... Je l'interrompis à l'instant ; son embarras ne me fit que trop connoître son idée ; je pensai que je devois épargner au malheur de la mère, à la pudeur de la fille, et à moi-même, une explication plus détaillée. Ne parlez plus, repris-je, du foible secours que je vous ai donné ; vous ne m'en devez point de reconnoissance, et je vous offre tous ceux dont vous pouvez avoir besoin. Prenez des sentimens plus consolans pour vous, plus flatteurs pour moi, et moins injurieux à nous trois. En leur parlant, je vis tout à coup paroître la sérénité sur leur visage, et particulièrement sur celui de la fille, que je considéroit avec plus d'attention et de liberté sitôt que ma présence ne la fit plus rougir : ou plutôt il me parut qu'elle ne sentoit pas des mouvemens moins vifs ; mais ils n'étoient ni douloureux ni humilians. Elles tombèrent l'une et l'autre à genoux auprès de mon lit ; leurs larmes ne s'arrêtèrent point, le principe seul en étoit changé. Elles parloient ensemble, et se confondoient dans leur remercîmens. Il sembloit que leur cœur ne pût suffire à leur joie ; elle éclatoit ; elles ne pouvoient l'exprimer ; leurs discours étoient sans ordre ; elles ne se faisoient entendre que par leurs transports. Quoi ! disoient-elles, le ciel nous offre un bienfaiteur dont la générosité pure !... grand Dieu ! que nous sommes heureuses !... que de grâces !... Elles me prenoient les mains ; Julie me les serroit en les mouillant de larmes. La reconnoissance et la vertu la faisoient me prodiguer des caresses dont sa pudeur auroit été effrayée, si j'eusse osé les hasarder. L'innocence est souvent plus hardie que le vice n'est entreprenant.

Je fus attendri de ce spectacle ; mes yeux avoient peine à retenir mes larmes. Je les fis relever, et les obligeai de s'asseoir. Je leur imposai enfin silence ; je vis combien leur reconnoissance se faisoit violence pour m'obéir.

Je ne pouvois me lasser d'admirer la beauté de Julie. Je l'avouerai cependant, cette figure charmante ne m'inspira pas le moindre désir dont sa vertu eût pu être blessée. Un sentiment de respect pour son malheur et pour sa vertu, avoit fermé mon cœur à tous les autres.

Je leur demandai leur situation. Elles m'apprirent en détail ce que la mère m'avoit dit la veille : que son mari avoit un emploi qui les faisoit vivre, et qui étoit toute leur fortune ; que, sans cette mort précipitée, Julie alloit épouser un jeune homme dont elle étoit aimée, et qu'elle aimoit. Julie rougit, et sa mère ayant voulu me faire l'éloge de ce jeune homme, elle renchérit sur elle avec tant de vivacité, que je jugeai que la mère m'accusoit juste. Je leur demandai si ce jeune homme ne persistoit pas toujours dans les mêmes sentimens, et si leur état n'avoit point changé son cœur. Oh ! mon Dieu, non, reprit Julie ; les procédés qu'il a eus avec nous depuis la mort de mon père, méritent bien toute mon estime. Il a partagé avec nous, ajouta la mère, les revenus d'un petit emploi qu'il a ; mais je me suis aperçu qu'il s'incommodoit extrêmement, sans pouvoir nous fournir le nécessaire dont je vois qu'il se prive ; c'est ce qui nous a obligées de recourir à votre charité.

Je leur dis de me l'amener le lendemain, et les renvoyai ; mais ce ne fut pas sans leur imposer silence sur des remercîmens qu'elles vouloient toujours recommencer.

J'eus ce jour-là l'esprit encore plus occupé que je ne l'avois eu la veille. Je me rappelois sans cesse la beauté de Julie ; je songeois qu'elle aimoit, il étoit bien naturel qu'elle fût aimée. L'amour étoit né de l'inclination, fortifié par l'habitude, peut-être même par le malheur, qui unit de plus en plus ceux qui n'ont d'autre ressource que leur cœur. Les bienfaits de ce jeune homme devoient encore lui attacher sa maîtresse par les liens de la reconnoissance ; ses services étoient supérieurs à tous ceux que je pouvois leur rendre : ils me goûtoient trop peu, et il avoit sacrifié le nécessaire. Que cet amant me paroissoit heureux ! Ces idées m'occupoient continuellement : je le remarquai ; j'en fus affligé, ou du moins inquiet. Je craignis qu'il ne se glissât dans mon cœur quelque sentiment jaloux ; mais je me rassurai bientôt. Je jugeai que ceux que Julie m'avoit inspirés, quoique tendres, étoient d'une nature bien différente de l'amour. Quelque belle qu'elle fût, quelque goût que j'eusse pour les femmes, son honneur étoit en sûreté avec moi. J'avois cherché toute ma vie à séduire celles qui couroient au-devant de leur défaite ; mais j'aurois regardé comme un viol d'abuser de la situation d'une infortunée, qui étoit née pour la vertu, et que son malheur seul livroit au crime.

Cependant, soit vertu, soit amour-propre, je n'a vois été qu'humain ; je voulus être généreux. Je résolus de respecter deux amans heureux, de les unir, et de partager leur félicité par le plaisir de la faire en assurant leur fortune et leur état.

On n'est point vertueux sans fruit. Je n'eus pas plutôt formé ce dessein, que je sentis dans mon âme une douceur que ne donnent point les plaisirs ordinaires.

Julie ne manqua pas de venir le lendemain avec sa mère me présenter son amant ; il étoit d'une figure aimable, et paroissoit avoir vingt-deux ans. Comme Julie l'avoit prévenu que je ne voulois le voir que pour lui rendre service, il me salua avec cette espèce de timidité qu'éprouve tout honnête homme qui à une grâce à demander ou à recevoir. Je lui demandai quel étoit son emploi ; il satisfit pleinement à ma question. Je ne concevois pas, par les détails qu'il me fit, qu'il eût de quoi subsister, bien loin de fournir à la subsistance des autres. Il n'y a que l'amour qui puisse trouver du superflu dans un nécessaire aussi borné. Pendant qu'il me parloit, je remarquai que Julie ne levoit les yeux de dessus lui que pour me regarder avec autant d'attention. Elle craignoit qu'il ne me plût pas, et cherchoit à lire dans mes yeux l'impression qu'il faisoit sur moi. En effet je n'eus pas plutôt témoigné à ce jeune homme que j'étois également satisfait de sa figure et de ses discours, que je vis la joie se répandre sur le visage de Julie. Je leur demandai s'ils n'étoient pas toujours dans le dessein de s'épouser. Le jeune homme prit aussitôt la parole : Mon bonheur, me dit-il, dépendroit sans doute d'être uni avec Julie, si je pouvois la rendre heureuse ; je ne désirerois des biens que pour les lui offrir ; mais je n'en ai aucuns, et je ne me consolerois jamais de faire son malheur. Si cette crainte, leur dis-je à tous deux, est l'unique obstacle qui s'oppose à votre union, je me charge de votre fortune. Dans ce moment, Julie me fit des remercîmens si vifs des bontés qu'elle disoit que j'avois déjà eus pour sa mère et pour elle, que je vis clairement qu'elle étoit encore plus reconnoissante des offres que je faisois à son amant. Il me dit que les bontés que je lui marquois, lui seroient encore plus précieuses, si elles pouvoient l'attacher à moi, et qu'il y sacrifieroit son emploi. Tous les trois me firent les mêmes protestations. Je fis mon arrangement sur l'idée qu'ils m'offroient. La plus grande partie de mes biens est en Bretagne, où j'ai des terres considérables. La dissipation où je vivois à Paris, ne me permettoit guère de veiller moi-même à mes affaires, et ceux qui en étoient chargés en province, s'en acquittoient fort mal. Je leur demandai s'ils n'auroient point de peine à aller vivre dans mes terres, où je leur ferois un parti assez avantageux, et où ils auroient soin de mes affaires. Le jeune homme m'assura que le lieu le plus heureux pour lui seroit celui où il vivroit avec Julie, et qu'il préféreroit à tous les emplois le bonheur de m'être attaché. Julie et sa mère me firent voir les mêmes sentimens. Peu de jours après, j'unis Julie avec son amant. J'obtins pour eux un emploi considérable, qu'ils pouvoient exercer sans négliger mes affaires, et je les fis partir pour la Bretagne. Rien ne m'a donné une plus vive image du bonheur parfait que l'union et les transports de ces jeunes amans. Ils n'éprouvoient avec leur amour d'autres sentimens que ceux de la reconnoissance qu'ils s'empressoient de me marquer à l'envi l'un de l'autre. Je n'ai jamais senti dans ma vie de plaisir plus pur que celui d'avoir fait leur bonheur. L'auteur d'un bienfait est celui qui en recueille le fruit le plus doux. Il sembloit que leur état se réfléchît sur moi. Tous les plaisirs des sens n'approchent pas de celui que j'éprouvois. Il faut qu'il y ait dans le cœur un sens particulier et supérieur à tous les autres.

Je n'ai pas eu lieu de me repentir de leur avoir confié mes affaires ; mais je leur ai une obligation plus sensible et plus réelle.

Je leur dois en partie le changement qui arriva dès lors dans mon cœur. Leur état m'en fit désirer un pareil. Je trouvai un vide dans mon âme que tous mes faux plaisirs ne pouvoient remplir ; leur tumulte m'étourdissoit au lieu de me satisfaire, et je sentis que je ne pouvois être heureux, si mon cœur n'étoit véritablement rempli. L'idée de ce bonheur me rendit tous mes autres plaisirs odieux ; et, pour me dérober à leur importunité, je résolus d'aller à la campagne chez un de mes amis, qui me prioit depuis longtemps de le venir voir dans une terre qu'il avoit à quelques lieues de Paris.

J'y trouvai la comtesse de Selve. Elle avoit environ vingt-trois ans, et étoit veuve depuis deux. Elle avoit été sacrifiée à des intérêts de famille en épousant le comte de Selve. C'étoit un homme âgé et d'un caractère extrêmement dur et jaloux, parce qu'il avoit toujours vécu en assez mauvaise compagnie, où l'on n'apprend pas à estimer les femmes. Comme il sentoit qu'il n'étoit pas aimable, le dépit ne l'avoit rendu que plus insupportable. La jeune comtesse faisoit, malgré sa répugnance, tout ce que la vertu pouvoit en exiger. Elle ne pouvoit pas donner son cœur ; mais elle remplissoit ses devoirs, et sa conduite la faisoit respecter, sans la rendre plus heureuse.

Je la connoissois à peine, parce qu'elle vivoit peu dans le monde ; et, lorsque le hasard me l'avoit fait rencontrer, son caractère sérieux m'avoit prodigieusement imposé. Les femmes avec lesquelles je vivois communément, n'avoient guère de rapport avec madame de Selve, qui m'avoit toujours paru trop respectable pour moi. J'étois alors dans des dispositions différentes, et je la vis avec des yeux plus favorables. Sa conversation, et le commerce plus familier qu'on a à la campagne, me la firent mieux connoître, et toujours à son avantage. Comme elle n'avoit jamais eu de goût pour son mari, elle soutenoit le veuvage avec plus de décence que d'affliction, et rien n'empêchoit son caractère de paroître dans tout son jour.

La comtesse de Selve avoit plus de raison que d'esprit, puisqu'on a voulu mettre une distinction entre l'un et l'autre, ou plutôt elle avoit l'esprit plus juste que brillant. Ses discours n'avoient rien de ces écarts qui éblouissent dans le premier instant, et qui bientôt après fatiguent. On n'étoit jamais frappé ni étonné de ce qu'elle disoit ; mais on l'approuvoit toujours. Elle étoit estimée de toutes les personnes estimables, et respectée de celles qui l'étoient le moins. Sa figure inspiroit l'amour, son caractère étoit fait pour l'amitié, son estime supposoit la vertu. Enfin la plus belle âme unie au plus beau corps, c'étoit la comtesse de Selve. J'aperçus bientôt tout ce qu'elle étoit, je le sentis encore mieux ; j'en devins amoureux sans le prévoir, et je l'aimois avec passion, quand je croyois simplement la respecter.

Je ne fus pas long-temps sans être au fait de mes sentimens. Il y avoit quelques jours que j'étois dans cette maison avec la comtesse, lorsqu'elle donna ordre qu'on tînt son équipage prêt pour retourner à Paris. Cet ordre m'affligea sans savoir pourquoi ; mais j'en sentis bientôt le véritable motif : j'avois trop d'expérience de mon cœur pour n'en pas connoître l'état. Je reconnus que j'aimois plus vivement que je n'avois jamais fait. J'étois au désespoir de laisser partir la comtesse sans l'avoir instruite de mes sentimens ; heureusement pour moi, le maître de la maison l'engagea à rester encore deux jours. Je résolus bien d'en profiter, et de me déclarer avant son départ. Jamais je ne me suis trouvé dans une situation plus embarrassante. Moi, qui avois tant d'habitude des femmes, et qui étois avec elles libre jusqu'à l'indécence, je n'osois presqu'ouvrir la bouche avec la comtesse. Que les femmes ne se plaignent point des hommes : ils ne sont que ce qu'elles les ont faits. J'eus plusieurs fois l'occasion de m'expliquer avec madame de Selve ; le respect me retint toujours dans le silence. Ne pouvant enfin triompher de ma timidité, je pris le parti de lui faire connoître mes sentimens par ma conduite, sans oser les lui avouer. Je me contentai de lui demander la permission d'aller lui faire ma cour. Il me parut que ma proposition l'embarrassoit. Au lieu de me répondre positivement, elle me dit que sa maison seroit peu de mon goût ; que la retraite où elle vivoit ne convenoit guère à un homme aussi répandu que je l'étois. Cette réponse approchoit si fort d'un refus, que je ne voulus pas la presser de s'expliquer plus clairement, bien résolu de l'interpréter comme une permission. Je ne lui répondis alors que par ces politesses vagues qui veulent dire tout ce qu'on veut, parce qu'elles ne disent rien.

Madame de Selve partit le lendemain. Je ne demeurai pas long-temps après elle, et je ne fus pas plutôt à Paris que j'allai la voir. Elle en parut surprise ; mais elle me reçut poliment. Je fis ma visite courte ; j'en fis plusieurs autres qui ne furent pas plus longues ; je craignois de lui être importun avant d'être en possession d'aller librement chez elle. Mes visites devinrent de plus en plus fréquentes ;

bientôt je ne quittai plus la maison de madame de Selve ; tout autre lieu me déplaisoit. Mes amis, c'est-à-dire mes connoissances ordinaires, me trouvoient emprunté avec eux ; ils m'en faisoient la guerre, quand ils me rencontroient, sans me faire cependant aucune violence pour me ramener dans leur société. Voilà ce qu'il y a de commode avec ceux qui ne sont liés que par les plaisirs : ils se rencontrent avec plus de vivacité qu'ils n'ont d'empressement à se rechercher ; ils se prennent sans se choisir, se perdent sans se quitter, jouissent du plaisir de se voir sans jamais se désirer, et s'oublient parfaitement dans l'absence.

Je jouissois donc tranquillement du bonheur de voir madame de Selve. Comme elle recevoit fort peu de monde, j'aurois trouvé aisement le moment de lui découvrir mon cœur ; mais, soit que cette facilité même m'empêchât de rien précipiter dans la certitude de la retrouver, soit que le respect qu'elle m'avoit d'abord inspiré m'imposât toujours, je n'osois hasarder cet aveu. J'avois fait des déclarations à toutes les femmes dont je n'étais pas amoureux, et ce fut dans le moment que je ressentis véritablement l'amour, que je n'osai plus en prononcer le nom. Je ne disois pas, à la vérité, à madame de Selve que je l'aimois ; mais toute ma conduite le lui prouvoit ; je m'apercevois même que mes sentimens ne lui échappoient pas. Une femme n'en est jamais offensée ; mais l'aveu peut lui en déplaire, parce qu'il exige du retour, et suppose toujours l'espérance de l'obtenir. J'imaginai que le moyen le plus sur de réussir auprès d'elle, étoit d'essayer de me rendre maître de son cœur, avant que d'oser le lui demander. Il y avoit déjà plus d'un mois que je voyois madame de Selve sur ce ton-là, avec la plus grande assiduité, et j'aurois peut-être tenu encore long-temps la même conduite, si elle ne m'eût elle-même offert l'occasion de me déclarer.

Elle me dit un jour qu'elle étoit surprise qu'un homme aussi dissipé que moi pût demeurer, aussi long-temps que je le faisois, dans une maison aussi retirée et aussi peu amusante que la sienne. Cela doit vous faire voir, lui répondis je, madame, que la dissipation est moins la marque du plaisir que l'inquiétude d'un homme qui le cherche sans le trouver ; et, lorsque j'ai le bonheur de vous faire ma cour, je n'en désire point d'autre. Je ne cherchois pas, reprit madame de Selve, à m'attirer un compliment ; mais j'étois réellement étonnée que vous fussiez aussi dissipé qu'on le dit, ou que vous fussiez si prodigieusement changé. C'est à vous, madame, que je dois, lui dis-je, un changement aussi singulier ; c'est vous qui m'avez arraché à tous mes vains plaisirs ; c'est avec vous que j'éprouve les plus vifs et les plus purs que j'aie goûtés de ma vie : trop heureux si vous daigniez un jour les partager ! Madame de Selve voulut m'interrompre ; je ne lui en donnai pas le temps. J'avois jusqu'alors gardé un silence contraint. Je ne l'eus pas plutôt rompu, que je me sentis délivré du plus pesant fardeau, et je continuai avec la plus grande vivacité : Oui, madame, poursuivis-je, je sens que je vous suis attaché pour ma vie ; que tout me seroit insupportable sans vous, et que vous me tenez lieu de tout. Jusqu'ici j'ai été plongé dans les plaisirs, sans avoir véritablement connu l'amour : c'est lui qui m'éclaire, et vous seule pouviez me l'inspirer. Je ne rapporterai point ici toute la suite du discours que je tins à madame de Selve ; il suffit de dire qu'il se réduisoit à l'assurer de l'amour le plus violent, et lui jurer une constance à toute épreuve.

Je n'eus pas plutôt fait cet aveu, que je redoutai sa réponse. Madame de Selve ne me marqua ni plaisir, ni colère ; mais elle me répondit avec sang-froid. L'habitude, me dit-elle, monsieur, où vous êtes de vous livrer au premier goût que vous sentez pour les femmes que vous voyez, vous fait croire que vous êtes amoureux ; peut-être même imaginez-vous que ces discours doivent s'adresser à toutes les femmes, et soient un devoir de votre état d'homme du monde. Quoi qu'il en soit, et sans vouloir soupçonner, votre sincérité, si vous sentez quelque goût pour moi, je vous conseille de ne vous y pas livrer ; vous ne seriez pas heureux d'aimer seul, et je ne voudrois pas risquer de me rendre malheureuse en y répondant. Eh ! quels malheurs, répliquai-je, envisagez-vous à partager les sentimens d'un honnête homme qui vous aimeroit uniquement ? Les plus grands, me répondit-elle, qui puissent arriver à une femme raisonnable. L'honnête homme dont vous parlez, et tel qu'on l'entend, est encore bien éloigne d'un amant parfait ; et celui dont la probité est la plus reconnue, n'est peut-être jamais ni sans reproche, ni sans tache aux yeux d'une femme, je ne dis pas éclairée, mais sensible. Elle est souvent réduite à gémir en secret ; son amant est irrépréhensible dans le public, elle n'en est que plus malheureuse. Madame de Serve, s'apercevant que j'allois l'interrompre pour la rassurer sur ses craintes : Il est inutile, ajouta-t-elle, d'entrer dans une plus grande discussion à ce sujet, ni d'entreprendre de détruire mes idées sur des dangers où je serois résolue de ne pas m'exposer, quand j'aurois même à combattre mon cœur, qui heureusement est tranquille. Cependant, comme je n'ai aucun sujet de me plaindre de vous, que votre caractère me paroît estimable, je veux bien vous accorder mon amitié, et je serai plus flattée de la vôtre, que d'un sentiment aussi aveugle que l'amour.

Je fus si frappé de la sagesse de ce discours, qu'il augmenta encore mon estime pour madame de Selve, et par conséquent mon amour. Quand cette passion est une fois entrée dans le cœur, notre âme ne reçoit plus d'autres sentimens qu'ils ne servent encore à fortifier l'amour. Je me trouvois fort soulagé de m'être déclaré, et trop heureux d'obtenir le retour que m'offroit madame de Selve ; ce n'étoit que de l'amitié ; mais celle d'une femme aimable et jeune inspire un sentiment si tendre et si délicieux, que ma reconnoissance étoit celle d'un amant.

Je n'osai combattre les raisons de madame de Selve : quand on les aperçoit, comme elle faisoit, on sait les soutenir, et la contradiction peut affermir dans un sentiment ; mais je me proposois de faire naître dans la suite des discours sur cette matière. Une femme qui parle souvent des dangers de l'amour, s'aguerrit sur les risques, et se familiarise avec la passion ; c'est toujours parler de l'amour, et l'on n'en parle guère impunément.

Je ne manquai pas un jour d'aller chez madame de Selve ; mes visites ne pouvoient pas devenir plus fréquentes, mais elles furent encore plus longues qu'à l'ordinaire. J'y passai ma vie ; sans oser lui demander du retour, je lui parlois de ma passion : l'aveu que j'en avois fait m'autorisait. Je lui disois que le refus des sentimens que je lui demandoit ne pouvoit pas changer les miens ; et, puisque je ne pouvois prétendre qu'à son amitié, je la conjurois de m'accorder la plus tendre. Elle m'en assuroit ; je me hasardois alors à lui baiser la main. Les caresses de l'amitié peuvent échauffer le cœur, et faire naître l'amour. Séduite par le prétexte d'un attachement pur, madame de Selve y résistoit faiblement. Je l'accoutumai insensiblement à m'entendre parler de ma passion, et j'attendois que le temps et ma constance lui fissent naître les sentimens que je désirois, ou plutôt que je pusse en obtenir l'aveu ; car je m'apercevois que je faisois chaque jour de nouveaux progrès dans son cœur. L'amour qui ne révolte pas d'abord, devient bientôt contagieux. Je passai trois mois avec elle sur ce ton-là ; j'étois étonné de ma constance : toute autre femme ne m'avoit jamais retenu si longtemps, ni en me rendant heureux, ni en me tenant rigueur. Comme il n'y avoit que les sens qui jusqu'alors m'eussent attaché aux femmes, le succès me refroidissoit bientôt, et la sévérité me rebutoit ; au lieu que l'amour et l'estime m'avoient fixé auprès de madame de Selve. Je n'étois occupé que du désir de lui plaire, elle m'y paroissoit sensible, et il ne me manquoit plus que d'obtenir cet aveu qui établit plus les droits d'un amant que toutes les bontés qu'on lui marque.

Madame de Selve m'avouait que mon caractère, qui l'avoit d'abord effrayée, lui convenoit parfaitement, et que j'aurois été le seul homme pour qui elle eût eu du penchant, si elle n'eût été en garde contre l'amour. Je faisois naître souvent ces conversations. Je voulus lui parler du comte de Selve, son mari, afin d'en prendre occasion de lui faire sentir la différence qu'il y a de se livrer aux transports d'un amant tendre et passionné, ou d'être asservie aux bizarreries d'un mari odieux. Madame de Selve convenoit de bonne foi avec moi qu'elle n'avoit jamais eu d'amour pour son mari ; que la disproportion d'âge et d'humeur ne le permettoit pas ; mais, à peine avouoit-elle qu'elle n'avoit pas été parfaitement heureuse ; et, comme j'insistais sur les tourmens qu'elle avoit éprouvés de la jalousie du comte de Selve, elle me répondit simplement qu'une femme raisonnable ne devoit jamais faire d'éclat à ce sujet ; que c'étoit à elle à guérir la jalousie par sa conduite, et même à la pardonner en faveur de l'amour qui en est le principe. Enfin madame de Selve ne prononça jamais un mot dont la mémoire de son mari pût être offensée. Tout ce qui ajoutoit à mon respect pour madame de Selve, augmentait aussi mon amour. J'étais presque sûr que l'amitié qu'elle disoit avoir pour moi, n'étoit plus qu'un prétexte pour couvrir l'amour que j'étois assez heureux pour lui avoir inspiré. Je me hasardai enfin d'en obtenir l'aveu.

    Un jour que par ses discours et sa confiance, elle me donnoit les marques de la plus tendre amitié : Pardonnez-moi, lui dis-je, madame, ma témérité ; je ne puis plus douter que vous n'ayez pour moi des sentimens plus vifs que ceux de l'amitié ; accordez m'en l'aveu, il ne servira qu'à m'attacher encore plus inviolablement. Madame de Selve parut interdite, et soupira au lieu de me répondre. Je ne voulus pas lui donner le temps de se remettre, je crus devoir profiter de l'instant. Je la pressai de nouveau, je me jetai à ses genoux, et lui fis les protestations les plus vives. Je crains bien, me dit-elle, de vous avoir plus instruit de mes sentimens par ma conduite avec vous, que toutes les paroles que vous exigez ne le pourroient faire. Je ne cherche point à vous cacher mon âme. J'ai senti pour vous l'intérêt le plus tendre avant que je m'en fusse aperçue. Je ne suis plus en état de combattre un penchant qui m'a entraînée ; peut-être même n'en aurois-je ni la force, ni la volonté. Vous voyez jusqu'où va ma confiance : puissiez-vous ne m'en pas faire repentir ! Je fus si charmé d'entendre ce que j'avois si ardemment désiré, que je fis éclater ma reconnoissance par les transports les plus vifs. Je la rassurai sur ses craintes, et lui jurai une constance éternelle. J'étois libre de disposer de ma main, je la lui offris pour garant de ma sincérité. Ce ne seroit pas, me dit-elle, les sermens ni les lois qui pourroient me répondre de votre fidélité. Ma félicité ne dépendroit pas de vous être attachée par des nœuds qui ne sont indissolubles que par ce qu'ils sont forcés, ce n'est que votre cœur qui peut me satisfaire. Je ne refuse cependant pas l'offre que vous me faites ; nos états se conviennent, et je voudrois imaginer des nœuds nouveaux pour m'unir encore plus étroitement avec vous. Mais, quoique je sois maîtresse de ma conduite, je ne le suis pas par mon âge de disposer librement de ma main. Ceux à qui la loi donne encore quelqu'autorité sur moi à cet égard, ont d'autres vues intéressées qui nous feroient peut-être essuyer quelques contradictions de leur part. Je puis vous assurer que je rendrai leurs desseins inutiles ; mais il faut que nous différions encore quelque temps. Il ne convient ni à vous, ni à moi, de prendre devant le public que des engagemens absolument libres de tous obstacles. Jusque-là j'aurai le temps d'éprouver votre cœur, et notre union n'en aura que plus de charmes pour nous.

J'approuvai le parti que madame de Selve me proposoit, je consentis à tout ce qu'elle voulut. Quelques désirs que j'eusse de la posséder, je n'avois d'autre volonté que la sienne. Je vivois avec elle dans cette espérance, et, quoique je désirasse encore, j'étois dans une situation des plus heureuses que j'aie éprouvées de ma vie.

Je goûtois avec madame de Selve tous les charmes d'un amour pur : c'est l'état le plus heureux des amans. Ce genre de vie étoit bien nouveau pour moi ; j'étois accoutumé à moins d'estime et plus de liberté. Je voulois quelquefois tenter de faire approuver à madame de Selve mes anciennes habitudes avec les femmes. Je lui disois que, lorsqu'on avoit donné son cœur, on ne devoit pas refuser à un amant des faveurs dont le prix est moins précieux, quoique le plaisir en soit plus vif. Je lui présentois mes raisons sous toutes les faces possibles, et je lui débitois enfin ces maximes et tous ces lieux communs que j'avois autrefois employés avec succès avec tant de femmes. Ces raisonnemens m'étoient alors inutiles, parce que madame de Selve ne se conduisoit pas sur les mêmes principes que celles que j'avois rencontrées.

Elle me répondoit, sans s'émouvoir, quelquefois même en plaisantant, que cet usage, tout ridicule qu'il me paroissoit, décidoit de l'honneur et même du bonheur d'une femme ; que son cœur m'étoit aussi favorable que le préjugé m'étoit contraire, quoique les hommes semblassent même l'approuver, puisqu'on ne les voyoit pas rester attachés à une femme qui leur avoit sacrifié ces mêmes préjugés. Je me sentois forcé d'approuver des raisons qui me déplaisoient infiniment ; mais il falloit bien me soumettre aux idées de madame de Selve, puisque je ne pouvois pas lui faire adopter les miennes, qui sans doute n'étoient pas des plus justes. Les amans seroient trop heureux que leurs désirs fussent entretenus par des obstacles continuels ; il n'est pas moins essentiel, pour le bonheur, de conserver des désirs que de les satisfaire.

Nous vivions dans un commerce délicieux, lorsqu'il se répandit un bruit de guerre. Il fallut que je songeasse à joindre mon régiment. Je sentis tout ce qu'il m'en alloit coûter pour me séparer de madame de Selve ; mais rien n'approche de la douleur que lui causa cette nouvelle. Eu préparant mon départ, je n'osois pas lui en parler de peur de l'affliger encore ; mais je ne pouvois pas m'empêcher d'y paroître sensible. Elle le remarqua, et me dit que son état étoit bien différent du mien ; que je n'avois que les inquiétudes ordinaires de l'absence ; au lieu qu'elle alloit être dans les alarmes les plus cruelles. Elle ne m'en dit pas davantage ; mais son silence et ses larmes m'en dirent plus qu'elle n'auroit pu faire. Je n'ai jamais vu de douleur plus vive ; j'en fus pénétré. Après avoir inutilement essayé de la consoler, je me retirai pour me livrer moi-même librement à ma douleur. Je réfléchis sur l'honneur chimérique auquel j'immolais le bonheur de ma vie. Ces idées m'agitèrent long-temps. Je fus tenté de tout abandonner, et de m'inquiéter peu des discours qu'on pourroit tenir, pourvu que je fusse heureux. Je rougissois bientôt d'écouter des sentimens si peu dignes de ma naissance et de ma profession. Je passai toute la nuit dans ces agitations.

 Je retournai le lendemain, comme à mon ordinaire, chez madame de Selve. Je la trouvai aussi affligée et plus abattue que la veille. J'aurois triomphé de ma douleur ; mais je ne pouvois pas supporter la sienne. J'oubliai tous les sentimens d'honneur qui m'a voient soutenu jusque-là ; ils me parurent une barbarie, et je résolus de les sacrifier à la tranquillité de madame de Selve. Je me jetai à ses genoux ; je lui dis que je ne pouvois pas résister à ses larmes ; que, pour les faire cesser, j'allois abandonner le service, trop content de vivre pour elle. Je ne doutois point que ce discours ne rétablît le calme dans son âme. Madame de Selve me regarda quelque temps sans rien dire, et, m'embrassant tout d'un coup avec transport, ce qu'elle n'avoit jamais fait : Je sens, me dit-elle, combien il vous en coûte pour me faire le sacrifice que vous m'offrez ; mais j'en serois indigne, si j'étois capable de l'accepter. Oui, ajouta-t-elle, je suis trop contente du pouvoir que l'amour me donne sur vous ; je vous rends à votre cœur, je vous rends à vos devoirs, et c'est vous rendre à vous-même. Je fus si transporté d'admiration, que je lui aurois fait par reconnoissance ce sacrifice, que je ne lui avois offert que par compassion pour la douleur qu'elle m'avoit fait voir. Je lui dis tout ce que l'amour et le respect m'inspirèrent ; je l'assurai qu'elle étoit maîtresse absolue de mon sort et de ma conduite. Je ne pouvois pas avoir un meilleur guide qu'un esprit aussi juste et un caractère aussi respectable.

Dès ce moment madame de Selve me parut plus tranquille, ou plutôt je m'aperçus qu'elle dissimuloit sa sensibilité pour ne pas trop exciter la mienne. Elle me dit qu'un homme de ma naissance n'avoit point d'autre parti à prendre et à suivre que celui des armes ; que c'étoit l'unique profession de la noblesse françoise, comme elle en étoit l'origine ; et qu'une femme qui oseroit inspirer d'autres sentimens à son amant, n'étoit digne que de servir à ses plaisirs, et non pas de remplir son cœur. Enfin, aussitôt qu'il fut question de mon devoir, la tendre madame de Selve disparut ; je trouvai en elle l'ami le plus sûr et le plus ferme. Quelque cruelle que l'absence dût être pour notre amour, j'étois charmé de trouver des sentimens si généreux ; ma passion en devint encore plus vive. Madame de Selve, comme je viens de le dire, m'avoit embrassé dans son premier transport ; cette faveur m'enhardit à en exiger d'autres, et, quoique je ne dusse qu'à une espèce d'importunité les caresses qu'elle me souffroit, je croyois m'apercevoir que la pudeur s'y opposoit plus que tout autre motif. Je la pressai d'achever mon bonheur ; elle me conjura de ne rien exiger d'elle qui fût contraire à ses devoirs. Elle me dit que son cœur, dont j'étois sûr, devoit me suffire, et que je lui étois trop cher pour qu'elle risquât de me perdre. Je vis que mes empressemens m'affligeoient ; je n'insistai pas davantage, et je la quittai après en avoir reçu toutes les assurances de l'amour le plus tendre.

Le temps qui me restoit jusqu'au départ, m'étoit trop précieux pour ne le pas donner tout entier à madame de Selve. Je passois tous les jours avec elle ; nos entretiens ne rouloient que sur notre amour, la rigueur des devoirs et la nécessité de les remplir. Je trouvois toujours en madame de Selve la même tendresse et les mêmes charmes. Bien loin que je pusse rester dans la réserve qu'elle exigeoit, je sentois que mes désirs l'enflammoient de plus en plus. Je recommençai à la presser ; je lui jurai que mon cœur lui étoit trop inviolablement attaché, qu'elle étoit devenue trop nécessaire au bonheur de ma vie, à ma propre existence, pour qu'elle dût craindre mon inconstance. Elle voulut me rappeler à mon respect pour elle ; mon amour étoit trop violent pour être retenu. Je priai, je pressai : à la vivacité des sollicitations et aux sermens, je joignis les entreprises, je l'embrassai ; elle étoit émue, elle soupirait : je ne trouvai plus qu'une foible résistance, et je devins le plus heureux des hommes. Pour concevoir mon bonheur, il faut avoir éprouvé les mêmes désirs. Quoique j'eusse passé ma vie avec les femmes, le plaisir fut nouveau pour moi ; c'est l'amour seul qui en fait le prix. Je ne sentis point succéder au feu des désirs ce dégoût humiliant pour les amans vulgaires : mon âme jouissoit toujours.

Attaché par l'amour, fixé par le plaisir, je trouvois madame de Selve encore plus belle ; je l'accablons de baisers : sa bouche, ses yeux, toute sa personne étoient l'objet de mes caresses et la source de mes transports : une ivresse voluptueuse étoit répandue dans tous mes sens. À peine fut-elle un peu calmée, que je remarquai que madame de Selve n'osoit me regarder ; elle laissoit même couler des larmes. Sa douleur passa dans mon âme : j'étois fait pour avoir tous ses sentimens. Je me regardai comme criminel. Je craignis de lui être devenu odieux ; je la conjurai de ne me point haïr. Hélas ! me répondit-elle, seroit-il en mon pouvoir de vous haïr ? Mais je sens que je vous perdrai ? Et puis-je me le pardonner ? Je n'oubliai rien pour dissiper ses craintes que je trouvois injurieuses pour moi ; je l'assurai d'une constance inviolable. Je lui jurai qu'aussitôt qu'elle voudroit me donner la main, nous serrerions par le sceau de la loi et de la foi publique, les nœuds formés par l'amour. La vivacité de mes caresses appuyoit mes sermens. Madame de Selve se calma et me dit, en m'embrassant tendrement, qu'elle ne se reprocheroit jamais d'avoir tout sacrifié à mes désirs tant qu'elle seroit sûre de mon cœur, dont la fidélité ou l'inconstance la rendroit la plus heureuse ou la plus malheureuse des femmes. Mes sermens, mes transports et l'amour dissipèrent toutes ses craintes ; j'obtins mon pardon, et nous le scellâmes par les mêmes caresses qui, un moment auparavant, m'avoient rendu criminel, et qui deviennent également innocentes et délicieuses quand deux amans les partagent. État heureux où les désirs satisfaits renaissent d'eux mêmes ! Je passai encore quelques jours avec madame de Selve dans des plaisirs inexprimables. Il fallut enfin partir, et notre séparation fut d'autant plus cruelle que nous étions plus heureux.

Le bruit de guerre qui s'étoit répandu, ne servit qu'à rendre la paix plus assurée, et la campagne se borna à un camp de paix.

Je revins à Paris plus amoureux que je n'en étois parti, et dans la résolution de presser mon mariage avec madame de Selve. Attaché par l'amour, le plaisir et la reconnoissance, j'aurois voulu imaginer de nouveaux liens pour m'unir plus étroitement avec elle. Nous nous revîmes avec des transports qui ne se peuvent comprendre que par ceux qui les ont éprouvés. Je passai un an dans une ivresse de plaisir ; l'amour en étoit la source, et ils ajoutoient encore à l'amour. Je ne voyois que madame de Selve ; j'étois tout pour elle, et sans elle tout étoit étranger pour moi. Pourquoi faut-il qu'un état aussi délicieux puisse finir ? Ce n'est point une jeunesse inaltérable que je désirerois ; elle est souvent elle-même l'occasion de l'inconstance. Je n'aspire point à changer la condition humaine ; mais nos cœurs devroient être plus parfaits, la jouissance des âmes devroit être éternelle.

Les principes de mon bonheur étoient toujours les mêmes, et cependant il s'altéra, puisque je commençai à le moins sentir. Les plaisirs, qui m'avoient entraîné autrefois avec tant de violence, m'étoient devenus odieux quand ils m'arrachoient d'auprès de madame de Selve. Insensiblement je les envisageai avec moins de dégoût ; ils me parurent nécessaires pour empêcher la langueur de se glisser dans le commerce de deux amans. La constance n'est pas loin de s'altérer quand on la veut réduire en principes. Si je ne cherchai pas mes anciens amis de plaisirs qui s'étoient dispersés, je crus du moins devoir vivre en société. Paris en est plein ; on n'est pas obligé de les rechercher : il suffit de ne les pas fuir. J'allai chez madame de Selve un peu moins assidûment, c'est-à-dire que je n'y allois pas tous les jours, ou du moins je faisois mes visites un peu moins longues, ce qui suppose qu'elles commençoient à me le paroître. Le goût que j'avois eu autrefois pour les spectacles, et que madame de Selve avoit suspendu, parce qu'elle y alloit peu, et que je ne pouvois vivre qu'aux lieux où elle étoit, se réveilla chez moi, et j'y retournai. J'y trouvois ordinairement quelques-uns de mes amis qui m'emmenoient souper avec eux.

La première fois que je manquai de revenir chez madame de Selve, où je soupois toujours, elle en fut extrêmement inquiète ; elle craignit qu'il ne me fût arrivé quel qu'accident. Dès le lendemain matin, elle envoya savoir de mes nouvelles. J'allai aussitôt la voir ; elle me fit de tendres reproches. Il ne me sembloit pas que je les eusse mérités ; cependant j'en fus embarrassé, et je rougis. Il faut qu'il y ait en nous-mêmes un sentiment plus pénétrant que l'esprit même, et qui nous absout ou nous condamne avec l'équité la plus éclairée. Il y a, si j'ose dire, une sagacité du cœur qui est la mesure de notre sensibilité.

Quelques jours après, je fus encore engagé dans un souper. Les premiers reproches que m'avoit faits madame de Selve, m'inquiétoient en l'abordant ; j'en craignois de nouveaux, et je me trouvai fort soulagé de ce qu'elle ne m'en fit point. Cependant mes absences devinrent plus fréquentes ; mais je ne manquois jamais d'aller souper avec elle que je n'en sentisse quelques remords, et on ne les sent point sans les mériter ; quand on s'examine bien scrupuleusement, on en trouve les motifs. En effet, madame de Selve étoit presque toujours seule. Comme je lui avois marqué que je ne trouvois rien de si odieux que ces visites qui contraignent les caresses et les épanchemens des amans, elle s'étoit défaite insensiblement du peu de monde qu'elle voyoit avant de me connoître. Je devois donc partager une solitude où elle ne s'étoit réduite que pour me plaire. Après les premiers reproches que madame de Selve me fit avec douceur, elle ne m'en fit plus aucuns ; mais je remarquons qu'elle avoit l'esprit moins libre, et l'humeur un peu mélancolique. Je lui en demandois quelquefois la raison, elle me répondoit toujours qu'elle n'avoit rien ; et, comme j'insistais en lui demandant si elle avoit quelque sujet de se plaindre de moi, elle m'assuroit qu'elle étoit parfaitement contente, et me faisoit toutes les caresses capables de me détromper. Rassuré, ou plutôt m'abusant moi-même sur mon innocence, je me livrai de plus en plus à la dissipation. J'étois cependant inquiet de voir madame de Selve plus sérieuse avec moi sans être moins tendre ; je me le reprochois ; cela m'affligeoit ; et, quoiqu'elle ne me contraignît en rien, je me trouvois gêné, parce que j'avois des remords. L'habitude de les mériter les fait bientôt perdre. La facilité, ou plutôt la bonté de madame de Selve y contribuoit. Lorsque j'avois été quelques jours sans la voir, je voulois lui alléguer des excuses ; elle me les épargnoit, et me faisoit entendre qu'elle étoit charmée que je m'amusasse ; qu'un homme ne peut pas rester dans une solitude continuelle, qui convient mieux à l'état d'une femme ; et, quelque désir qu'elle eût d'être toujours avec moi, mon plaisir, disoit-elle, la consoloit de tout. Ces sentimens m'étoient d'autant plus agréables, qu'ils me mettoient à l'aise. Madame de Selve m'en devenoit plus chère, et non pas plus nécessaire. Nous chérissons machinalement ceux qui nous épargnent des torts, et encore plus ceux qui les excusent. Quelque complaisance qu'elle eût pour mes goûts, je ne pouvois pas me dissimuler le plaisir que lui causoit ma présence. Je formois quelquefois le dessein de passer plusieurs jours avec elle, et de faire par reconnoissance ce que je faisois autrefois avec tant d'ardeur, et ce qu'il m'eût été impossible de ne pas faire. Le temps qu'on ne donne qu'au devoir paroît toujours fort long. L'ennui me gagnoit involontairement. Il sembloit que madame de Selve s'en aperçût avant moi. Elle étoit la première à m'engager à la quitter pour chercher des plaisirs plus vifs ; elle ne me le disoit pas : mais elle m'en fournissoit les prétextes que je n'eusse peut-être pas imaginés, et que je désirois. J'admirais alors combien elle étoit aveugle sur mes torts, avec tant de pénétration à prévenir mes désirs.

J'aimois uniquement madame de Selve ; elle n'avoit point de rivale. J'imaginai que rien ne manqueroit à mon cœur, et que notre commerce deviendroit aussi vif que jamais, si elle vivoit en société. Je le lui proposai, elle y consentit : elle n'avoit jamais d'autre volonté que la mienne. Nous vécûmes quelque temps sur ce ton-là ; j'y trouvois plus d'agrémens. Les amans qui ont usé le premier feu de la passion, sont charmés qu'on coupe la longueur du tête à tête. Si mes plaisirs n'étoient pas aussi vifs qu'ils l'avoient été, du moins je n'en désirois point d'autres.

Cette tranquillité ne fut pas longue ; je n'étois qu'inconstant, je devins infidèle. Il y a des femmes qui, en faisant des agaceries, n'ont d'autre objet que d'engager un amant ; quelquefois c'est une simple habitude de coquetterie. Il y en a d'autres qui seroient insensibles au plaisir de s'attacher à un homme, si elles ne l'arrachoient à une maîtresse. J'en trouvai une de ce caractère, et malheureusement elle me plut. Ma liaison avec madame de Selve étoit connue ; un commerce peut être secret ; mais il n'y en a point d'ignoré. Madame Dorsigny résolut de devenir la rivale de madame de Selve, et n'y réussit que trop.

C'étoit une petite figure de fantaisie, vive, étourdie, parlant un moment avant de penser, et ne réfléchissant jamais. Sa jeunesse, jointe à une habitude de plaisir et de coquetterie, lui tenoit lieu d'esprit, et supplioit souvent à l'usage du monde. Je ne lui donnai assurément aucune préférence sur madame de Selve à qui elle étoit inférieure de tout point ; elle n'avoit pour elle que la nouveauté. Mon cœur fut toujours à madame de Selve ; mais je résolus de m'amuser avec madame Dorsigny : elle ne méritoit pas autre chose, et ne paroissoit pas exiger davantage.

Elle avoit pour mari un homme riche qui tenoit une fort bonne maison, et ne s'embarrassoit guère de la conduite de sa femme, pourvu qu'elle lui attirât compagnie chez lui. Ces maisons-là n'en manquent point, bonne ou mauvaise. J'y avois été mené par un de mes amis, qui n'avoit pas d'autre droit de m'y présenter que d'y avoir été mené lui-même depuis huit jours. J'y soupai plusieurs fois. La vivacité de madame Dorsigny m'amusa : elle me parut propre à me délasser du sérieux où je vivois avec madame de Selve. Les véritables passions et le vrai bonheur s'accommodent mieux du caractère de madame de Selve ; mais un simple commerce de galanterie veut plus d'enjouement.

La petite madame Dorsigny, qui avoit entendu parler de ma liaison avec madame de Selve, me parla d'elle comme les femmes parlent les unes des autres, c'est-à-dire qu'elle fit l'éloge de sa figure et de son esprit avec tous les *mais* et les *si* qui sont d'usage en pareilles occasions. J'y répondis comme je le devois. Je rendis justice à madame de Selve, en ajoutant qu'il n'y avoit jamais eu entr'elle et moi qu'une liaison d'amitié ; c'étoit assez dire que j'en pouvois avoir une autre. Cet entretien me servit de déclaration ; sans amour j'offrois mon cœur à madame Dorsigny ; et elle le reçut de même.

Elle crut avoir effacé de mon âme madame de Selve ; pour moi, je savois bien que je ne faisois que remplacer quelqu'un dont le temps étoit fini. Je fus aussitôt reconnu dans la société pour l'amant en titre, c'est-à-dire pour le maître de la maison.

Je jouissois de toutes les prérogatives de ma nouvelle dignité, dont les importunités font partie. Je pouvois, à la vérité, amener chez madame Dorsigny toutes les personnes qui me plaisoient ; mais il falloit aussi que je fusse à la tête de toutes les parties, qui n'étoient pas toujours aussi amusantes que bruyantes.

Il n'étoit pas possible que je fusse entraîné par ce torrent, et que je pusse conserver encore auprès de madame de Selve une assiduité décente. J'en étois affligé. Je ne l'aimois pas avec la même vivacité que j'avois fait ; mais enfin je n'aimois qu'elle ; elle étoit encore plus nécessaire à mon cœur, que madame Dorsigny à ma dissipation. L'état le plus incommode pour un honnête homme, est de ne pouvoir pas accorder son cœur avec sa conduite. Ma peine augmentoit encore lorsque j'étois auprès de madame de Selve. Je la trouvois quelquefois dans un abattement qui pénétrait mon âme. Elle recevoit mes caresses ; mais elle ne m'en faisoit plus. Je ne remarquons point que son cœur fût refroidi pour moi ; il sembloit seulement qu'elle craignît de m'être importune. Quand je l'avois quittée, son image me suivoit et empoisonnait tous mes plaisirs. Je fus prêt cent fois à revenir pour toujours auprès d'elle : mon état y pouvoit être languissant ; mais du moins il auroit été sans remords. Ce qui achevoit de m'inquiéter, étoit la crainte que madame de Selve ne vînt à être instruite de mon intrigue avec madame Dorsigny, que je croyois aimer : le plaisir imite un peu l'amour.

Ce n'est pas que je ne rendisse une justice exacte à l'une et à l'autre ; mon esprit étoit plus juste que mon cœur. Je m'amusois avec madame Dorsigny ; mais je n'avois nulle confiance en elle ; au lieu qu'il n'arrivoit rien dans ma fortune et mon état, que je n'allasse sur-le-champ en rendre compte à madame de Selve, et lui demander ses conseils. Je la retrouvois toujours la même, tendre, sage, éclairée ; je n'en étois pas digne. Dans ces occasions mon amour se ranimoit avec vivacité ; mais il retombait bientôt dans la langueur. Les feux de l'amour, une fois amortis, ne produisent plus d'emhrasemens. Je crus que, pour avoir la tranquillité avec moi-même, je devois rendre plus rares mes visites chez madame de Selve, et devenir plus criminel pour perdre mes remords. Mes visites, peu fréquentes, n'étoient donc plus qu'un devoir que je remplissois avec contrainte.

Cependant madame de Selve étoit en état d'accepter ma main ; mais je n'avois plus l'empressement de la lui offrir. Je ne doutois point qu'elle ne me rappelât une parole dont son honneur dépendoit, et j'en redoutois le moment. Elle ne m'en disoit pas un mot ; elle attendoit sans doute que la proposition vînt de ma part. Je profitois de sa délicatesse pour n'en point avoir, et j'écartais tout ce qui pouvoit lui en rappeler l'idée. Madame de Selve ne me faisoit pas même le moindre reproche sur mes absences.

D'un autre côté, madame Dorsigny, plus vaine que jalouse, puisqu'il n'y avoit point de véritable amour entre elle et moi, prétendoit que ma liaison d'amitié avec madame de Selve lui étoit suspecte ; elle me défendoit de la voir, et j'avois la lâcheté de le lui promettre. J'étois dans la situation la plus cruelle. Le bonheur ou le malheur de la vie dépend plus de ces petits intérêts frivoles en apparence, que des affaires les plus importantes. Plus de sincérité ou d'équité m'auroit épargné bien des peines.

J'étois dans cet état, lorsqu'un de mes parens, qui vivoit ordinairement dans une terre peu distante de Paris, vint solliciter une affaire qu'il avoit à la cour. Je m'y employai assez utilement pour la faire terminer à sa satisfaction. Avant de retourner chez lui, il voulut me donner à souper. J'y allai. Il me dit en entrant, avec un air de contentement, qu'il avoit eu soin de me donner compagnie qui me seroit agréable ; qu'une de ses grandes attentions étoit d'assortir les personnes qui se convenoient. Il me débita, à ce sujet, beaucoup de maximes de savoir vivre, et il en étoit encore sur les éloges de sa rare prudence, lorsque je vis entrer madame Dorsigny. J'en fus charmé, et je trouvois déjà que mon parent, pour un homme qui vivoit à la campagne, avoit des attentions assez délicates ; mais ce plaisir ne fut pas de longue durée, car un instant après on annonça madame de Selve. Mon maudit campagnard s'étoit informé des personnes que je voyois le plus fréquemment, et n'avoit pas manqué de les prier ; et, comme toutes celles qui vivent dans le monde se connoissent toujours assez à Paris pour accepter un souper, il avoit rassemblé huit ou dix personnes.

Je ne me suis jamais trouvé de ma vie dans une situation aussi cruelle. Je ne pouvois pas me dispenser de faire à madame de Selve et à madame Dorsigny un accueil qui convînt à la conduite que je tenois dans le particulier avec l'une et l'autre. La supériorité du rang de madame de Selve sur sa rivale m'autorisait bien à rendre à la première tous les honneurs de préférence ; mais, indépendamment des égards dus à la condition, ceux qui partent du cœur ont un caractère distinctif, et toutes deux avoient droit d'y prétendre. D'ailleurs la petite madame Dorsigny ne doutoit nullement que l'amour ne dût régler les rangs, qu'il ne l'emportât chez moi sur tous les usages, et se promettoit bien de triompher aux yeux de sa rivale. Je comptois en vain profiter de son peu d'esprit pour excuser sur la naissance et l'amitié mes attentions pour madame de Selve : je m'abusois ; toutes les femmes ont de l'esprit dans ces occasions ; et sur cette matière, la vanité les éclaire et, qui pis est, les rend injustes. La plus grande difficulté étoit de cacher à madame de Selve mon intrigue avec madame Dorsignv. Je ne devois pas naturellement avoir tant de familiarité avec une femme que je n'avois jamais dit connoître. Il faut convenir que la situation étoit embarrassante ; les gens d'esprit la sentiront mieux que les sots.

Je me trouvai à table entre les deux rivales. Il n'y eut point d'agaceries que ne me fît madame Dorsigny ; elle outra toutes les libertés que l'usage tolère, et que les femmes raisonnables s'interdisent. Madame de Selve ne paroissoit seulement pas s'en apercevoir ; j'en étois charmé, et la petite Dorsigny en paroissoit piquée, ce qui ne faisoit que la rendre encore plus étourdie. J'étois au supplice quand, pour m'achever, le maître de la maison me rappela tout haut une promesse vague que je lui avois faite de l'aller voir à sa maison de campagne, et en même tems pria tous ceux qui étoient à table d'être de la partie, voulant, disoit-il, réunir chez lui aussi bonne compagnie. Il s'adressa d'abord à madame de Selve, qui ne refusa pas absolument, attendant quelle seroit ma réponse. Madame Dorsigny la fit pour moi, et approuva fort la proposition. Le voyage fut fixé au surlendemain. J'allai, le jour suivant, chez madame de Selve, fort embarrassé de ma contenance. Je ne pouvois pas concevoir son aveuglement : il étoit trop grand pour ne m'être plus suspect. Je le regardai comme un effet de sa prudence, et je ne doutois point qu'elle n'eût réservé pour une explication particulière ce qu'elle avoit dissimulé en public.

Je ne trouvai pas le moindre changement dans l'accueil qu'elle me fit. Je crus l'avoir absolument trompée, et qu'elle n'avoit pas le plus léger soupçon sur madame de Dorsigny. Je redoutois la partie de campagne ; mais je me rassurai. Je comptai qu'après avoir réussi à l'abuser pendant le souper, cela me seroit aussi facile à la campagne, et je la pressai d'y venir. Elle fit des difficultés qui m'étonnèrent ; mais enfin elle y consentit, et nous partîmes le lendemain. Je m'y rendis de mon côté pour éviter de me trouver avec l'une ou l'autre de ces deux rivales.

La campagne se passa comme le souper : j'y fus d'abord contraint, madame de Selve fort sérieuse, et madame Dorsigny très-étourdie. La tranquillité de madame de Selve me rendit la sécurité. Je la crus assez aveugle pour que je n'eusse pas besoin de garder des ménagemens ; le plaisir l'emporta sur l'estime, et je me livrai à toutes les fantaisies de madame Dorsigny. Elle ne parut pas elle-même faire plus d'attention à madame de Selve. En me rappelant ma conduite passée, j'ai senti combien il étoit important pour un honnête homme d'être attentif sur l'objet de son attachement : nos vertus ou nos vices en dépendent, avec cette différence que nous nous contentons quelquefois d'estimer les vertus, au lieu que nous partageons toujours les folies.

Je néglige ois extrêmement madame de Selve, qui d'un autre côté étoit l'objet des égards et des attentions du reste de la compagnie. Nous gardions si peu de mesure, madame Dorsigny et moi, que les moins clairvoyants auroient pénétré le secret de notre commerce. Mais il éclata enfin aux yeux de celle à qui il m'importoit le plus de le dérober.

Nous nous étions retirés, madame Dorsigny et moi, dans un endroit du bois très-peu fréquenté, où nous badinions avec une liberté qui n'avoit pas besoin de témoins. Le lieu, l'occasion et le plaisir nous séduisirent, nous le poussâmes aussi loin qu'il pouvoit aller, lorsque madame de Selve, qui cherchoit la solitude, fut conduite par le hasard dans le lieu même où nous étions. Elle nous trouva dans une situation qui n'étoit pas équivoque. Elle ne nous eut pas plutôt aperçus, qu'elle se retira précipitamment ; mais elle ne le put faire sans que nous fussions convaincus que rien ne lui avoit échappé.

On ne sauroit peindre la surprise et la douleur que nous éprouvâmes. Nous restâmes quelque temps immobiles et sans nous parler. J'étois au désespoir d'avoir eu pour témoin de mon infidélité celle-même que j'outrageois, qui le méritoit si peu, et que je me flattois d'avoir impunément trompée jusque-là. J'avois le cœur déchiré. Madame Dorsigny, qui ne pénétrait pas le fond de mon âme, et qui n'imaginoit pas qu'un homme, qui pour l'ordinaire n'est guidé que par le plaisir et la vanité, pût en pareille occasion avoir des ménagemens pour lui-même, croyoit que le malheur ne tomboit que sur elle. Elle venoit d'être surprise par une femme qu'elle regardoit comme une rivale offensée ; d'ailleurs, elle connoissoit son sexe, elle en jugeoit par elle-même, et sentoit qu'une femme n'a pas besoin de rivalité pour abuser d'un pareil secret. Elle se désoloit, et me dit qu'elle vouloit partir sur-le-champ pour Paris, sans oser retourner au château.

J'employai toutes les raisons imaginables pour la calmer, quoique j'eusse besoin moi-même d'un pareil secours. Je la rassurai sur la probité de madame de Selve. En effet, je craignois son ressentiment contre moi ; mais j'étois sûr de sa discrétion. Je fis comprendre à madame Dorsigny que notre départ en feroit plus penser que madame de Selve n'en pourroit dire.

Nous retournâmes au château avec la crainte et l'abattement de deux criminels. Avant que madame de Selve m'eût formé un cœur nouveau, j'aurois peut-être paru avec un air de triomphe. Il étoit déjà tard, la compagnie étoit rassemblée, et l'on étoit près de se mettre à table. Madame Dorsigny dit qu'elle se trouvoit indisposée, et qu'elle avoit besoin de repos. Le maître de la maison crut qu'il étoit de la politesse de la presser de se mettre à table ; et, quoiqu'elle eût désiré d'être seule, comme le trouble et la crainte étoient alors les principes de toutes ses actions, elle n'osa le refuser. Madame de Selve, qui savoit la cause de l'indisposition de madame Dorsigny, n'épargna rien pour la rassurer. Il n'y eut point de prévenances qu'elle ne lui fît, point d'attentions qu'elle ne lui marquât ; il n'y avoit que l'excès de ses égards qui pût en déceler les motifs, c'est-à-dire sa compassion généreuse. Ils échappèrent à madame Dorsigny. Elle n'avoit ni le cœur assez délicat, ni l'esprit assez pénétrant pour démêler des principes de probité si peu communs. Madame Dorsigny se rassura, et crut que sa rivale n'avoit rien aperçu ; car elle ne supposoit pas qu'une femme, avec tant d'avantage, pût n'en pas abuser. Sa gaîté revint avec sa santé, et, avant la fin du souper, elle fut aussi vive et aussi étourdie qu'elle eût jamais été. Madame de Selve étoit charmée que madame Dorsigny eût pris le change.

J'en jugeai différemment. Tout ce qui portoit le caractère de vertu me faisoit reconnoître madame de Selve. Elle étoit plus sensible au plaisir de rassurer madame Dorsigny, qu'elle ne l'eût été à sa reconnoissance que celle-ci n'eût éprouvée qu'aux dépens de son bonheur.

Je n'osois regarder madame de Selve, et je craignois encore plus de me trouver seul avec elle. Je ne voulois pas tirer madame Dorsigny de l'erreur où elle étoit ; mais je brûlois d'impatience d'être à Paris, où nous revînmes le lendemain.

La conduite que madame de Selve avoit tenue dans cette occasion, m'ouvrit les yeux. Je compris que, si elle n'avoit pas eu jusqu'ici les preuves que je venois de lui donner de mon infidélité, elle l'avoit fort soupçonnée. Je vis clairement la cause de son chagrin et de sa réserve avec moi, mais je ne pouvois pas concevoir ce qui avoit pu l'empêcher de rompre. Je ne doutois point qu'elle n'eût voulu avoir des convictions, et je concluois qu'elle ne me verroit que pour me donner mon congé. J'en étois au désespoir. Je n'avois plus, à la vérité, pour madame de

Selve cette vivacité, cette fougue de passion qui m'avoit d'abord rendu tout autre objet importun ; mais je ne l'en aimois pas moins. Mon amour, devenu plus tranquille, s'étoit uni à l'amitié la plus tendre. L'inconstance que j'avois dans l'esprit plus que dans le cœur, l'habitude d'intrigues où j'avois vécu, me faisoient toujours rechercher quelque commerce libre ; mais j'aimois uniquement madame de Selve, et je sentois qu'elle étoit absolument nécessaire au bonheur de ma vie. Je ne pouvois penser sans frémir qu'elle alloit pour jamais me défendre de la voir.

Je lui aurois sacrifié madame Dorsigny et toutes les femmes du monde pour obtenir mon pardon. Je résolus d'aller voir madame de Selve, de lui avouer mes torts, de lui en marquer mes remords, et de tâcher de la fléchir ; trop heureux d'accepter toutes les conditions qu'elle voudroit m'imposer.

J'y allai avec toutes ces craintes. Je l'abordai en tremblant. Elle me reçut avec un sérieux où je ne remarquai point d'indignation ; je n'osois cependant ouvrir la bouche. Enfin, après mille combats que j'éprouvois intérieurement, je lui dis que je venois à ses pieds, comme un coupable, lui demander une grâce dont je sentois que je n'étois pas digne. Madame de Selve eut pitié de mon trouble ; elle ne me laissa pas continuer un discours qu'elle jugeoit qui me coûtoit si fort.

Je vois, me dit-elle, que vous commencez à connoître vos torts ; mais peut-être ne vous reprochez-vous pas tous ceux que vous avez, et qui m'ont été les plus sensibles. Vous savez que je vous ai tout sacrifié ; ne croyez pas que les sens m'aient séduite. Ce n'est pas que je n'aie partagé vos plaisirs ; mais l'amour seul m'a déterminée. Je n'ai jamais eu d'autre désir que celui de faire votre bonheur. Ce n'est pas à vos sermens que je me suis rendue : ils engageoient votre probité ; mais ils ne sont pas le lien des cœurs, et je n'ai consulté que le mien. Vous n'en étiez pas moins obligé de les remplir ; cependant j'ai vu combien vous craigniez que je ne vous en rappelasse l'idée, je n'en ai rien fait. Je vous aurois peut-être exposé au comble des mauvais procédés en refusant ma main ; ou, si l'honneur vous l'eût fait accepter, je n'en aurois été que plus malheureuse. Vos engagemens n'auroient fait qu'aggraver vos torts, et je vous serois devenue odieuse.

À ce mot, j'interrompis madame de Selve, je me jetai à ses genoux ; je lui marquai le plus vif et le plus sincère repentir. Je la conjurai d'accepter ma main, et je lui jurai une fidélité éternelle.

Il n'est plus temps, me dit-elle ; je crois vos offres et vos protestations sincères dans ce moment ; mais vous promettez plus que vous ne pouvez tenir. Vous m'avez été infidèle, vous le seriez encore : il est possible de ne jamais l'être ; mais il est sans exemple qu'on ne le soit qu'une fois. Il a été un temps où je pouvois me flatter de votre constance ; vous aviez été livré à la galanterie et aux intrigues sans avoir aimé véritablement. L'amour pouvoit vous fixer, j'avois osé l'espérer ; puisqu'il ne l'a pas fait, rien ne le peut faire. Vous pourriez observer les décences ;

mais les égards ne suppléent point à l'amour. Je n'ai pas vu votre refroidissement pour moi sans la douleur la plus amère. J'ai senti avant vous le premier instant de votre inconstance : une amante est bien éclairée. Je vous ai caché mes peines autant que je l'ai pu. J'ai dissimulé mon chagrin ; les plaintes et les reproches ne ramènent personne. Je vous aurois affligé inutilement ; vous n'étiez que réservé avec moi, et, si je vous avois paru plus pénétrante, je vous aurois peut-être obligé à recourir à la fausseté pour me tromper. Je vois que la constance n'est pas au pouvoir des hommes, et leur éducation leur rend l'infidélité nécessaire. Leur attachement dépend de la vivacité de leurs désirs : quand la jouissance, quand la confiance d'une femme, qui n'est crédule que parce qu'elle aime, les a éteints, ce n'est pas l'estime, ce n'est pas même l'amour qui les rallume, c'est la nouveauté d'un autre objet. D'ailleurs le préjugé encourage les hommes à l'infidélité ; leur honneur n'en est point offensé, leur vanité en est flattée, et l'usage les autorise.

Si quelque chose me console, c'est de voir que j'ai conservé votre estime, et j'oserois dire votre amour, ou du moins toute la tendresse dont votre cœur est encore capable. Vous ne m'avez pas été aussi infidèle que vous l'auriez peut-être désiré ; car enfin il est toujours cruel d'avoir à combattre son cœur, et vous avez éprouvé des remords dont vous auriez été affranchi en cessant de m'aimer. Je possède uniquement votre cœur : je n'ai rien fait pour le perdre, et celles que vous pourrez me préférer dans vos plaisirs n'en seront peut-être pas dignes, ou du moins il ne dépendra pas de vous de les aimer.

Jugez à présent s'il me convient d'accepter votre main, moi qui ne pourrois être heureuse, si je ne trouvois à la fois dans mon mari et un amant et un ami. C'est de ce dernier titre que je suis le plus flattée. Je ne veux, je ne dois, et je ne puis en prétendre un autre. J'ai eu assez d'intérêt de vous étudier, et le temps de vous connoître. Votre cœur est bon et fidèle ; mais votre esprit est léger, et la dissipation fait le fond de votre caractère. Suivez vos goûts, ayez des maîtresses ; je serai trop flattée de rester votre amie : il est si rare que l'amitié survive ou succède à l'amour ! Que d'autres partagent vos plaisirs ; je jouirai de toute votre confiance. Je n'aurai point de rivale dans mes sentimens, et j'ai trop de délicatesse et de fierté pour vous partager avec qui que ce soit. Tant que j'ai espéré de vous ramener, j'ai paru aveugle sur vos écarts ; la persuasion où vous étiez de paroître innocent à mes yeux, vous laissoit la liberté de cesser d'être coupable. Une pareille conduite de ma part ne vous imposeroit plus, et ne serviroit qu'à m'avilir.

Je fus si frappé de la sagesse du discours de madame de Selve, que tout mon amour se ralluma pour elle. Je n'avois dessein de lui sacrifier madame Dorsigny que comme une condition de notre réconciliation, et dans ce moment je lui aurois sacrifié l'univers. Je la conjurai de reprendre pour moi ses premiers sentimens, et d'accepter ma main pour gage des miens. Toutes mes protestations furent inutiles. Je trouvai madame de Selve également tendre dans l'amitié, et ferme dans sa résolution. Tous les droits de l'amant m'étoient interdits. Je vécus ainsi deux mois avec elle, sans la quitter un moment, sans voir aucune femme, et sans rien gagner par ma persévérance.

Enfin, désespérant de la fléchir, et n'osant la condamner, je cessai de la presser. Je me soumis à ses ordres, et je repris mes anciennes habitudes. Madame de Selve, qui le remarqua, fut la première à m'en parler, et je l'assurai qu'aussitôt qu'elle le voudroit, je lui sacrifierois tout pour revenir à elle. Je la voyois aussi assidûment que jamais ; parce que sa présence ne m'embarrassoit pas, et que je n'étois plus occupé à lui cacher mes intrigues et mes remords.

Elle me parloit de mes maîtresses, elle m'en faisoit le portrait, et me donnoit des leçons pour ma conduite. J'admirais toujours la justesse de son esprit. Je ne lui faisois pas une infidélité, si je puis encore me servir de ce terme dans la situation singulière où je vivois avec madame de Selve, qui ne me fît découvrir des nouvelles qualités dans son âme, et de nouveaux charmes dans son esprit, et qui ne servît à m'attacher à elle de plus en plus.

Le commerce qui étoit entre madame de Selve et moi, étoit assurément d'une espèce nouvelle. Je craignois quelquefois qu'il ne donnât atteinte aux sentimens qu'elle m'avoit juré de me conserver. J'en aurois été au désespoir ; son cœur m'étoit encore plus précieux que tous mes plaisirs.

L'indulgence, lui disois-je, que vous avez pour toutes mes intrigues de passage, ne peut venir que de votre indifférence. Il est sans doute bien bizarre que ce soit moi qui sois jaloux ; mais enfin je ne puis me défendre d'un peu de jalousie, lorsque je vous en vois si peu. Si vous me jugez innocent, vous ne vous croiriez pas bien coupable vous-même d'écouter un autre amant. Madame de Selve ne pouvoit s'empêcher de rire de ma jalousie.

Ce ne seroit pas, me répondit-elle, votre conduite qui devroit me donner des scrupules, si j'avois des complaisances pour quelqu'autre que pour vous ; mais vous pouvez vous rassurer. Rien n'égalait mon bonheur lorsque j'étois l'unique objet de vos empressemens ; mais j'aime encore mieux conserver votre cœur par mon indulgence, que de vous éloigner par une sévérité dont l'effet retomberoit particulièrement sur moi. Si je suivois votre exemple, vous ne pourriez pas raisonnablement me blâmer. La nature n'a pas donné d'autres droits aux hommes qu'aux femmes ; cependant vous auriez la double injustice de condamner en moi ce que vous vous pardonnez. Ce qui doit principalement vous rendre la tranquillité à cet égard, c'est que les femmes, avec plus de tendresse dans le cœur que les hommes, ont les désirs moins vifs. Les reproches injurieux qu'on leur fait, injustes en eux-mêmes, doivent plutôt leur origine à des hommes sans probité et maltraités des femmes, qu'à des amans favorisés. Pour moi, je vous avoue que je suis fort peu sensible aux plaisirs des sens ; je ne les aurois jamais connus sans l'amour. J'ajouterois que les sens n'exigent que ce qu'on a coutume de leur donner, et que les hommes mêmes sont souvent plus occupés à les irriter qu'à les satisfaire. Ainsi soyez sûr de ma fidélité, quoique vous ne soyez pas en droit de l'exiger. Vous êtes moins heureux que moi, et j'ai plus de plaisir à vous aimer que vous n'en trouvez dans votre inconstance.

Mon admiration et mon respect augmentoient chaque jour pour madame de Selve. Ses sentimens me faisoient rougir des miens ; mais ils ne me corrigeoient pas. Ce n'étoit pas la raison qui devoit me ramener et me guérir de mes erreurs ; il m'étoit réservé de me dégoûter des femmes par les femmes mêmes. Bientôt je ne trouvai plus rien de piquant dans leur commerce. Leurs figures, leurs grâces, leurs caractères, leurs défauts même, rien n'étoit nouveau pour moi. Je ne pouvois pas faire une maîtresse qui ne ressemblât à quelqu'une de celles que j'avois eues. Tout le sexe n'étoit plus pour moi qu'une seule femme pour qui mon goût étoit usé, et, ce qu'il y a de singulier, c'est que madame de Selve reprenoit à mes yeux de nouveaux charmes. Sa figure effaçoit tout ce que j'avois vu, et je ne concevois pas que j'eusse pu lui préférer personne. L'habitude, qui diminue le prix de la beauté, ajoute au caractère, et ne sert qu'à nous attacher. D'ailleurs, mon inconstance pour madame de Selve lui avoit donné occasion de me montrer des vertus que je croyois au-dessus de l'humanité, et que mon injustice avoit fait éclater. Madame de Selve reprit tous ses droits sur mon cœur, ou plutôt ce n'étoient plus ces mouvemens vifs et tumultueux qui m'avoient d'abord entraîné vers elle avec violence, et qui étoient ensuite devenus la source de mes erreurs ; ce n'étoit plus l'ivresse impétueuse des sens : un sentiment plus tendre, plus tranquille et plus voluptueux remplissent mon âme ; il y faisoit régner un calme qui ajoutoit encore à mon bonheur en me laissant la liberté de le sentir.

Je n'avois jamais cessé de voir madame de Selve. Mes visites, que j'avois suspendues pendant quelque temps lorsque je voulois lui dérober la connoissance de mes infidélités, redevinrent plus fréquentes aussitôt qu'elles ne furent plus contraintes. Bientôt je ne trouvai de douceur que chez elle. Insensiblement, et sans que je m'en aperçusse distinctement, le dégoût me détacha du monde que la dissipation m'avoit fait rechercher.

Ce fut madame de Selve qui me le fit remarquer la première. J'en convins avec elle, et je saisis cette occasion pour la presser de nouveau de recevoir ma main. J'y consens aujourd'hui, me dit-elle ; je ne suis plus dans le cas de la refuser. Je ne crains plus de vous perdre ; mais vous m'avouerez qu'il est bien singulier que, pour prendre un mari, j'aie été obligée d'attendre qu'il n'eût plus d'amour. C'est cependant ce qui me rend sûre de votre cœur. Ce n'est point mon amant que j'épouse ; c'est un ami avec qui je m'unis, et dont la tendresse et l'estime me sont plus précieuses que les emportemens d'un amour aveugle.

Comme notre mariage n'avoit besoin d'autres préparatifs que de notre consentement, il fut bientôt conclu. Ce n'étoit plus les plaisirs de l'amour que nous cherchions ; un sentiment plus tendre régnoit dans mon cœur. J'étois charmé de m'être assuré pour toujours la possession de tout ce que j'avois de plus cher au monde, et d'être sûr de passer ma vie auprès de madame de Selve, en qui je trouvois les mêmes désirs. Le monde, bien loin d'être nécessaire à notre bonheur, ne pouvoit que nous être importun. Je proposai à madame de Selve d'aller passer quelque temps dans mes terres. Elle l'accepta avec empressement. Elle me dit que partout elle ne désiroit que moi, et que les lieux où elle en jouiroit le plus tranquillement lui seroient toujours préférables. Il y a un an que nous avons quitté Paris, et nous n'y sommes pas rappelés par le moindre désir. Eh ! qu'y ferions-nous ? le monde est inutile à notre bonheur, et ne feroit que nous trouver ridicules. Nous sommes de plus en plus charmés de notre solitude. Je trouve l'univers entier avec ma femme, qui est mon amie. Elle est tout pour mon cœur, et ne désire pas autre chose que de passer sa vie avec moi. Nous vivons, nous sentons, nous pensons ensemble.

Nous jouissons de cette union des cœurs, qui est le fruit et le principe de la vertu. Ce qui m'attache le plus à ma femme, c'est que je lui dois cette vertu précieuse, et sans doute elle me chérit comme son ouvrage. Je vis content, puisque je suis persuadé que l'état dont je jouis est le plus heureux où un honnête homme puisse aspirer.

C'est madame de Selve qui m'a fait connoître de quel prix est une femme raisonnable. Jusque là je n'avois point connu les femmes ; j'en avois jugé sur celles qui partageoient mes égaremens, et j'étois injuste à l'égard de celles-là mêmes. De quel droit osons-nous leur reprocher des fautes dont nous sommes les auteurs et les complices ? La plupart ne sont tombées dans le dérèglement, que pour avoir eu dans les hommes une confiance dont ils ne sont pas dignes. Plusieurs n'auroient jamais eu de foiblesses, si elles n'eussent pas eu l'âme tendre, qualité qui naît encore de la vertu.

Les deux sexes ont en commun les vertus et les vices. La vertu a quelque chose de plus aimable dans les femmes, et leurs fautes sont plus dignes de grâce par la mauvaise éducation qu'elles reçoivent. Dans l'enfance on leur parle de leurs devoirs, sans leur en faire connoître les vrais principes ; les amans leur tiennent bientôt un langage opposé. Comment peuvent-elles se garantir de la séduction ?

L'éducation générale est encore bien imparfaite, pour ne pas dire barbare ; mais celle des femmes est la plus négligée : cependant il n'y a qu'une morale pour les deux sexes.

La célèbre Ninon Lenclos, amante légère, amie solide, honnête homme et philosophe, se plaignoit de la bizarrerie et de l'injustice du préjugé à cet égard. J'ai réfléchi, disoit-elle, dès mon enfance sur le partage inégal des qualités qu'on exige dans les hommes et dans les femmes. Je vis qu'on nous avoit chargées de ce qu'il y avoit de plus frivole, et que les hommes s'étoient réservé le droit aux qualités essentielles, dès ce moment je me fis homme ; elle le fit, et fit bien.

FIN DES CONFESSIONS DU COMTE DE ***.

1. ↑ On s'est cru obligé de traduire cette lettre pour ceux qui n'entendoient pas l'italien avec la même facilité que le françois.
2. ↑ Les Italiennes, accoutumées à ces noms, les donnent plus volontiers à leurs amans que leurs noms de famille.